GRöLS Verlage

„BÜCHER SIND WIE FALLSCHIRME. SIE NÜTZEN UNS NICHTS, WENN WIR SIE NICHT ÖFFNEN.“

Gröls Verlag

Redaktionelle Hinweise und Impressum

Das vorliegende Werk wurde zugunsten der Authentizität sehr zurückhaltend bearbeitet. So wurden etwa ursprüngliche Rechtschreibfehler *nicht* systematisch behoben, denn kleine Unvollkommenheiten machen das Buch – wie im Übrigen den Menschen – erst authentisch. Mitunter wurden jedoch zum Beispiel Absätze behutsam neu getrennt, um den Lesefluss zu erleichtern.

Um die Texte zu rekonstruieren, werden antiquarische Bücher von Lesegeräten gescannt und dann durch eine Software lesbar gemacht. Der so entstandene Text wird von Menschen gegengelesen und korrigiert – hierbei treten auch Fehler auf. Wenn Sie ebenfalls antiquarische Texte einreichen möchten, finden Sie weitere Informationen auf www.groels.de

Viel Freude bei der Lektüre wünscht Ihnen das Team des Gröls-Verlags.

Adressen

Verleger: Sophia Gröls, Im Borngrund 26, 61440 Oberursel

Externer Dienstleister für Distribution & Herstellung: BoD, In de Tarpen 42, 22848 Norderstedt

Unsere „Edition | Werke der Weltliteratur“ hat den Anspruch, eine der größten und vollständigsten Sammlungen klassischer Literatur in deutscher Sprache zu sein. Nach und nach versammeln wir hier nicht nur die „üblichen Verdächtigen“ von Goethe bis Schiller, sondern auch Kleinode der vergangenen Jahrhunderte, die – zu Unrecht – drohen, in Vergessenheit zu geraten. Wir kultivieren und kuratieren damit einen der wertvollsten Bereiche der abendländischen Kultur. Kleine Auswahl:

Francis Bacon • Neues Organon • **Balzac** • Glanz und Elend der Kurtisanen • **Joachim H. Campe** • Robinson der Jüngere • **Dante Alighieri** • Die Göttliche Komödie • **Daniel Defoe** • Robinson Crusoe • **Charles Dickens** • Oliver Twist • **Denis Diderot** • Jacques der Fatalist • **Fjodor Dostojewski** • Schuld und Sühne • **Arthur Conan Doyle** • Der Hund von Baskerville • **Marie von Ebner-Eschenbach** • Das Gemeindekind • **Elisabeth von Österreich** • Das Poetische Tagebuch • **Friedrich Engels** • Die Lage der arbeitenden Klasse • **Ludwig Feuerbach** • Das Wesen des Christentums • **Johann G. Fichte** • Reden an die deutsche Nation • **Fitzgerald** • Zärtlich ist die Nacht • **Flaubert** • Madame Bovary • **Gorch Fock** • Seefahrt ist not! • **Theodor Fontane** • Effi Briest • **Robert Musil** • Über die Dummheit • **Edgar Wallace** • Der Frosch mit der Maske • **Jakob Wassermann** • Der Fall Maurizius • **Oscar Wilde** • Das Bildnis des Dorian Grey • **Émile Zola** • Germinal • **Stefan Zweig** • Schachnovelle • **Hugo von Hofmannsthal** • Der Tor und der Tod • **Anton Tschechow** • Ein Heiratsantrag • **Arthur Schnitzler** • Reigen • **Friedrich Schiller** • Kabale und Liebe • **Nicolo Machiavelli** • Der Fürst • **Gotthold E. Lessing** • Nathan der Weise • **Augustinus** • Die Bekenntnisse des heiligen Augustinus • **Marcus Aurelius** • Selbstbetrachtungen • **Charles Baudelaire** • Die Blumen des Bösen • **Harriett Stowe** • Onkel Toms Hütte • **Walter Benjamin** • Deutsche Menschen • **Hugo Bettauer** • Die Stadt ohne Juden • **Lewis Caroll** • *und viele mehr….*

Karl May

Babel und Bibel

Arabische Fantasia

in zwei Akten

Inhalt

Zeit:
Gegenwart

Ort:
Am Turm von Babylon.

Personen:

Abû Kitâl (Vater des Kampfes), Scheik der Ân'allâh.

Bên Tesâlah (Sohn des Friedens), Scheik der Kirâm. (Im Spiel als „Scheik der Todeskarawane“ verkleidet.)

Babel (Vertreter der Wissenschaft).

Bibel (Bênt'ullâh).

Der Hâkawâti (Märchenerzähler).

Der Kâdi.

Der Imâm.

Mârah Dûrimêh, die „Menschheitsseele“. (Im Spiel als „Phantasie“ verkleidet.)

Schêfakâ (die Morgenröte), Babels Tochter.

Ein schwarzer Vorbeter.

Der Scheik der Hâïnîn.

Der Scheik der Munâfikîn.

Der Scheik der Gêr Amîn.

Der Scheik der Bêni Hâr.

Der Scheik der Schukûk.

Der Scheik der Ûkalâ.

Der Scheik der Schuttâr.

Der Scheik der Hûkamâ.

Krieger und Angehörige der Stämme der Kirâm und Ân'allâh.

Vorbemerkungen

1. Zeit

Der erste Akt beginnt, wenn das ***Asr*** (Nachmittagsgebet) fällig gewesen ist, also zwischen drei und vier Uhr europäischer Zeit, und dauert bis in das ***Maghrib*** hinein (Gebet kurz nach Sonnenuntergang). Beim Anfang des Schattenspiels muß es schon so dunkel geworden sein, daß die Szene nur von Schefakas Feuer erleuchtet wird. Der Mohammedaner legt den Aufbruch zu großen Reisen und den Eintritt wichtiger Unternehmungen und Ereignisse am liebsten auf das ***Asr***; darum wird auch hier die Handlung um die für ihn glückverheißende Zeit eröffnet.

Der zweite Akt fällt so, daß der Vorbeter den ***Ula*** (den Ersten Ruf) kurz nach Mitternacht kündet. Von nun an strebt alles dem Sonnenaufgang zu.

2. Ort

Die Handlung spielt sich auf dem Platz vor dem babylonischen Turm ab. In diesem Turm sind die in Mesopotamien ausgegrabenen Altertümer und Kostbarkeiten aufgestapelt, die den berühmten „***Schatz der An'allah***" bilden, nach dessen Besitz die andern Völker von jeher gestrebt haben und noch heute streben. Er wird von den An'allah aufs schärfste bewacht. Kein Fremder darf den Turm betreten. Sein Tor ist so groß, daß es mit den beiden seitlichen Riesensteinbildern den Hintergrund der Bühne füllt. Die Seitenwände des Eingangs sind aus Steinblöcken zusammengesetzt, deren Oberflächen babylonische Götterbilder zeigen. Die seitlichen Gestalten stellen geflügelte Löwen mit Menschenköpfen dar, Sinnbilder des Kriegsgotts Nergal. Die Haar- und Barttracht dieser Köpfe ist die alte babylonisch-assyrische.

Der Eingang zum Turm ist nicht frei, sondern, um die Bewachung zu erleichtern, durch ein daran gelehntes, großes Doppelzelt verhüllt, das jeder, der in den Turm will, durchschreiten muß. Dieses Zelt wurde stets von dem jeweiligen Scheik der An'allah, als dem berufenen Wächter des Turms, bewohnt. Als aber der jetzige Scheik um des Glaubens willen Weib und Kind verstieß, litt es ihn nicht mehr an diesem Ort, und er übergab das Zelt dem Gelehrten ***Babel***, der nun mit seiner Tochter ***Schefaka*** darin wohnt.

Das Zelt ist aus schwarzem Stoff. Es besteht aus der größeren Männer- und der kleineren Frauenabteilung. Diese hat einen dunklen, jene einen weißen

Vorhang. Der weiße Vorhang ist stets geöffnet und wird nur zum Schattenspiel niedergelassen, weil sich auf ihm die Schatten zeigen sollen. Hinter dem dunklen Vorhang nimmt während des Schattenspiels usw. die „Bibel" Platz, um dann zum Gebet hervorzutreten. Die Männerabteilung, in der Babel wohnt, liegt links, die Frauenabteilung, die Schefaka beherbergt, liegt rechts.

Vor dem Zelt erblickt man folgende Ausgrabungen: In der Mitte steht der sechstausend Jahre alte Thron des akkadischen Königs Sargani. Er ist aus Marmor und hat eine so hohe und breite Lehne, daß man den darauf Sitzenden von rückwärts nicht sehen kann. Dieser Umstand und eine dahinter befindliche Versenkung ermöglichen es nach dem späteren Wenden dies Throns, daß ***Abu Kital***, der Scheik, scheinbar auf diesem Thron sitzen, zu gleicher Zeit als Schatten hinter dem weißen Zeltvorhang sprechen und sich dann doch wieder vom Thron erheben kann. – Rechts davon, immer vom Zuschauer aus gerechnet, steht eine altertümliche Ruhebank zum Sitzen und zum Liegen, aus weißem Alabaster von Martu; auf ihr liegt ein zusammengefalteter Teppich, der die Bank aber keineswegs verhüllen darf. – Links vom Thron ein niedriger Steintisch mit mehreren Sitzkissen. Das ist der Arbeitsplatz Babels. In der Nähe allerlei altbabylonische Dinge: Gefäße, Figuren usw., die Gegenstand seiner Studien sind. Während des Spiels dient die Beschäftigung der Darsteller mit ihnen zum Ausfüllen der Pausen. Auf dem Tisch drei Bücher: die „Biblia des Alten Testaments", der „Menschengeist", ein von Babel verfaßtes Buch, und die „Menschenseele", eine Handschrift, an der er eben jetzt arbeitet.

Der Raum vor dem Turm bildet den vom eigentlichen Beduinenlager unterschiedenen und abseits liegenden Gebetsplatz der An'allah, auf dem auch die Versammlung der Ältesten des Volks, Dschemmâ genannt, abgehalten wird. Der Zutritt ist nicht jedermann gestattet. Dieser Platz wird von uralten, sonderbar geformten Mauerresten und von Palmen und Büschen eingeschlossen. Die Büsche sind meist Palmenausläufer, Oleander und Kapernsträucher. Ausgestattet ist die Örtlichkeit mit allerlei ausgegrabenen Merkwürdigkeiten, die das Gefühl erwecken, daß man sich hier mehr von alten, längst überwundenen, als von neuen Gedanken leiten lasse. Ganz vorn links steht am Gemäuer ein Tamariskenstrauch, hinter dem Marah Durimeh dem Anfang des ersten Aktes zuhört, ohne von den Mitspielenden bemerkt zu werden.

In der Nähe der Frauenabteilung brennt zwischen aufgeschichteten alten Ziegelsteinen immerwährend ein Feuer, an dem Schefaka den Kaffee kocht. Dieses Feuer bildet, falls nicht Fackeln angezündet werden, des Abends das einzige Beleuchtungsmittel für den Beratungsplatz. Daneben sieht man die runden Anrichtebleche, auf denen die kleinen Tassen und Untersetzer mit Kanne, Mörser und Kaffeemühle stehn. Weiterhin die Wasserpfeifen und einige hohle Elefantenfüße mit Tschibuks für die Gäste.

Weil Babel an diesem Platz wohnt, ist er der Wirt und seine Tochter die Wirtin aller Gäste, besonders aber des Scheiks, der täglich vom Lager herüberkommt, um seine freien Stunden hier zuzubringen. Babel ist sein Lehrer und Vertrauter und Schefaka der von ihm verzogene Liebling des ganzen Stammes.

Personen

Abu Kital (Vater des Kampfes)

Scheik der An'allah. Ungefähr fünfzig Jahre alt, hohe, breite Gestalt. ***Gewaltmensch***, doch zur Veredlung veranlagt. Körperlich und geistig vollkräftig und gewandt. Leicht entflammt. Aufstrebend, aber in falsche Richtung geleitet. Hat stets die Peitsche in der Hand. Rauh, gegen Schefaka aber von weichster Gutmütigkeit. Kopfbedeckung Kefïje und Agâl.

Die Kefïje ist ein baumwollenes, bei vornehmen Beduinen seidenes Kopftuch, blau, rot, schwarz einfarbig oder mit Weiß gemustert. Ist sie aus Seide, so ist die Farbe meist gelb.

Der Agâl ist ein meist schwarzer Strick aus Ziegenhaaren, der zweimal um den Kopf gewickelt wird, um die Kefïje festzuhalten.

Ben Tesalah (Sohn des Friedens)

Scheik der Kiram. Nicht viel über zwanzig Jahre alt, aber doch schon volle Persönlichkeit. ***Edelmensch***. Sehr ernst, aber mild. Ebenso selbstbewußt wie bescheiden. Seine Kleidung ist unzulänglich und ärmlich. Trägt auch Kefïje mit Agâl aber zerfetzt. Entweder barfuß oder nur in Bastsandalen.

Babel

Vielleicht vierzig Jahre alt. Rundglasige Brille. Ernst und grüblerisch, aber liebenswürdig und eindrucksvoll. Liebt den Scheik. Verzieht ihn. Man merkt ihm, ohne daß er dies beabsichtigt, immer an, daß er eigentlich ein Fremder ist, kein An'allah. Kopfbedeckung Fes, darunter leichtes Schattentuch.

Imam

Alter wie der Scheik. Wohlbeleibt. Glänzt in Würde und Behaglichkeit. Hält die Hände meist über dem Leib gefaltet und in ihnen den mohammedanischen Rosenkranz, der jede Gebärde des rechten Arms mitmacht, während der linke ruhig liegenbleibt. Ist ein guter Redner. Vom Kadi unzertrennlich. Trägt kurdischen Riesenturban, doch nicht übertrieben.

Kadi

So alt wie der Scheik. Langes, hageres Gegenstück zum wohlbeleibten Imam, ohne den er sich nicht wohl fühlt. Ist auch wie dieser gekleidet, mit kurdischem Riesenturban. Möchte gern wohlwollend sein, doch gelingts ihm nicht.

Hakawati

Ist über hundert Jahre alt und vom Alter gebeugt. Geht am Stock. Langer, silberweißer Bart. Trägt einen gewöhnlichen, aber phantastisch geschlungenen Turban. Ehrfurchterweckende Erscheinung. Schefaka nimmt sich in fast andächtiger Weise seiner an und behütet ihn auf Schritt und Tritt.

Vorbeter

Wohl dreißig Jahre alt. Ist ein Neger. Trägt auf dem Kopf nur den Fes. Hängt mit rührender Liebe am Scheik, obgleich dieser ihn schlecht behandelt.

Schefaka

Halberwachsen, fast noch Kind. Allgemein geliebt und darum verzogen, doch ohne eine Spur der üblen Eigenschaften verzogner Kinder. Ein vollständig unbeschriebenes, noch unberührtes Blatt.

Bibel (Bent'ullah)

Ohne Angabe des Alters. Ist fast stets verschleiert, und wenn sie am Schluß das Gesicht enthüllt, zeigt dieses keine Spur der vergangenen Jahre. Gestalt edel, Stimme tief und voll. Hagerkeit oder Körperfülle sind zu vermeiden.

Marah Durimeh

Noch älter als der Hakawati, aber trotzdem von fast noch jugendlicher Rüstigkeit. Hochgewachsen, aufrecht. Höchste Würde, die um so mehr ergreift, als sie im Gegensatz zu diesem Alter der Anmut nicht entbehrt. Edles, leicht gebräuntes Gesicht, mit einigen Alterslinien, die aber keine Falten sind. Langes, volles, schneeweißes Haar, das in zwei starke Zöpfe geflochten ist, die, nach vorn getragen, fast die Erde berühren. Solange sie unerkannt bleiben muß, versteckt sie das Haar unterm Gewand. Sie trägt unter diesem Gewand den in der orientalischen Sage oft erwähnten „Panzer von Kristall", den sie aber vor Beginn des zweiten Akts nicht anzulegen braucht, weil er erst am Schluß des Stücks gezeigt wird. Ihr Anzug ist orientalisch, doch nicht nach irgendeinem bekannten Schnitt. Faltenreich, doch ohne daß diese Falten der Schlankheit Eintrag tun. Er soll zwar den Gedanken unterstützen, daß Marah Durimeh die „Menschheitsseele" ist, darf aber nicht zu phantastisch sein, weil es grad im Wesen der „Menschheitsseele" liegt, ihre herrlichen Ziele nur auf dem schlichtesten Weg und in der ungezwungensten Weise zu erreichen.

Die An'allah

und die acht Scheike, die zur nächtlichen Beratung kommen, sind in die bekannte Beduinentracht gekleidet, mit Kefije und Agâl, doch läßt sich durch die Abwechslung in Form, Farbe, Art und Weise das Bild in hohem Grade beleben. Die Kleidung der Kiram und der Leute der Todeskarawane wird an den betreffenden Stellen besonders angegeben.

Sonstiges

Das oft vorkommende Wort Scheik wird in verschiedenen Gegenden anders ausgesprochen. Für die vorliegenden Zwecke ist es am besten, „Scheek" zu sagen und das zweite e wie ein leises i klingen zu lassen.

Der Islam schreibt für den Tag fünf Gebete vor und empfiehlt dem eifrigen Muslim, des Nachts noch zwei hinzuzufügen. Warum es hier, sowohl beim ***Asr*** und ***Maghrib*** als auch dann zuletzt beim ***Ula***, nicht zum eigentlichen Gebet kommt, muß man Abu Kital verantworten lassen; doch ist es notwendig, die Form zu wahren, daß jeder Beter sich seines Gebetsteppichs bedient, der allerdings kein wirklicher Teppich zu sein braucht. Es genügt jeder Schal, jedes Kopf- oder Gürteltuch, ja jedes Stück Stoff, auf dem man zu knien vermag. Das Hervorsuchen und Vorsichhinbreiten dieser Hilfsmittel, sobald die

Gebetsbretter geläutet werden, muß mit aller Umständlichkeit und Feierlichkeit geschehn, die der Aufgabe des Stückes entsprechen. Sobald das Gebet vorüber ist, muß jeder die kniende Stellung verlassen und seinen „Gebetsteppich“ in der gleichen Weise wieder an sich nehmen.

Das Umêha ist ***von allen*** mitzubeten, allein Schefaka und später auch Ben Tesalah und Marah Durimeh ausgenommen. Diese eigentlich von den „heulenden Derwischen“ herübergekommene Gebetsform wird rezitiert, und zwar einstimmig nach folgenden Noten:

Dieser Satz, der absichtlich völlig regelwidrige Betonungen enthält, wird unausgesetzt so oft wiederholt, wie es dem Vorbeter beliebt. Bei dem Zeichen ? wird Kopf mit Oberkörper geneigt, bei ^ wieder aufgerichtet. Man beginnt langsam und würdevoll, steigert aber die Schnelligkeit nach und nach so, daß der Körper mit seinen Verneigungen den Worten nicht mehr folgen kann; das Gebet bricht dann atemlos ab, um von neuem langsam zu beginnen.

Die „***Fat'ha***“ ist die erste Sure des Korân; sie heißt darum die „Eröffnung“ (hebräisch: pâthach = er öffnete). Sie steht für die Mohammedaner an der Stelle des christlichen Vaterunsers.

Jedermann ist in irgendeiner Weise bewaffnet, die bei der Beratung zuhörenden Krieger sogar mit Säbel, Schild und Spieß. Darum ist es dem Scheik Abu Kital möglich, sich von ihnen zu bewaffnen und dasselbe auch für den Scheik der Todeskarawane zu verlangen. Die „***Klinge des Kismêt***“ trägt er gleich von Anfang an in der Gürtelschnur.

Die Betonung der arabischen Ausdrücke ergibt sich aus dem Versmaß des Textes von selber. Wiederholt sei, daß der Araber fast durchweg die letzte Silbe betont: Korân, Kismêt, Salâm.

Erster Akt

Situation

Schon bevor der Vorhang sich hebt, hört man arabische Instrumente, die wie zu einem Tusch zusammentönen; man vernimmt die gebräuchlichen Beifallsrufe „Aferîm!", „Afâk!", „Maschallâh" und „Tamâm!" Dieser Beifall gilt dem Scheik, der neben dem Thron steht, die eine Hand auf dessen Lehne gestützt, in der andern Hand die zusammengelegte Kurbâtsch Nilpferdpeitsche. Er hat soeben die Dschemmâ Rat, Versammlungeröffnet und ihr mitgeteilt, daß es sich um einen kühnen Streich gegen die Erzfeinde der An'allah handle. Daher der stürmische Beifall.

Wenn der Vorhang hochgeht, sieht man die Ältesten des Stammes im Kreis sitzen, auf untergelegten Matten, bequem, mit eingeschlagenen Beinen. Bei ihnen der Kadi, der Imam und der alte Hakawati. Babel sitzt für sich an seinem Tischchen und beschäftigt sich während seiner Sprechpausen mit ausgegrabenen Altertümern, über die er Aufzeichnungen macht. Die Anwesenden rauchen fast alle und trinken Kaffee. Schefaka hat ununterbrochen zu tun, die leeren Täßchen wieder zu füllen und neuen Tabak und glühende Holzkohlen zum Anschmauchen zu reichen.

Außerhalb dieses Kreises stehn, sitzen, liegen und hocken überall die bevorzugten Krieger, die der Dschemmâ beiwohnen dürfen, ohne zu ihr zu gehören. Sie sind mit Säbeln, Schilden und Spießen bewaffnet, einige außerdem noch mit arabischen Flinten und Pistolen, wie es sich selbst in der friedlichsten Zeit bei jeder derartigen Beratung schickt. Zu ihnen haben sich die Musiker gesellt, mit ihren Instrumenten ausgerüstet, deren Zweck es ist, möglichst viel Lärm zu verursachen. Schefaka geht unverschleiert. Sie ist fast immer in Bewegung, und zwar in so schicklicher Weise, daß sie die Aufmerksamkeit trotzdem nicht auf sich zieht.

Wenn der Vorhang sich gehoben hat, gibt der Scheik der Versammlung das Zeichen zu schweigen, doch tritt die Ruhe nicht sofort ein. Während dieses Augenblicks kommt Marah Durimeh von vorn links und setzt sich unter den Tamariskenstrauch. Man kann sie auf der Bühne nicht sehn, aber die Zuschauer müssen sie bemerken, weil es sich um die Allgegenwart der „Menschheitsseele" handelt. Sie hat sich, um an ihr Vorhandensein zu erinnern, zuweilen zu bewegen, doch ohne die Aufmerksamkeit der Zuschauer von der Handlung abzulenken. Obwohl sie den An'allah ihre langen, weißen Haarzöpfe jetzt noch verbergen muß, soll sie diese einigemal sehn lassen, damit man ahne, daß sie Marah Durimeh ist, von der soviel gesprochen wird.

Sobald völlige Ruhe herrscht, beginnt der Scheik seine Rede, bei der er, wie überhaupt stets, sehr lebhaft die Peitsche führt. Er spricht dabei von seinem altbabylonischen Thron aus, während jeder andre, der mehr als nur einige Worte sagen will, gehalten ist, seinen Sitz zu verlassen und sich auf den „Teppich der Rede“ zu stellen; dieser liegt auf einer erhöhten Stelle.

Erster Auftritt

Abu Kital. Der Imam. Der Kadi. Der Hakawati. Babel. Schefaka. Die Ältesten der Stämme der An'allah. Krieger und Musiker der An'allah. Abu Kital fährt, nachdem Ruhe eingetreten ist, in der begonnenen Ansprache fort.

Abu Kital

Ich bin der Scheik der tapfren An'allah,
bin euer Scheik, bin euer Herr und Vater –

Erster Ältester *(ihn unterbrechend)*

Ein strenger Herr zuweilen!

Abu Kital

Meine Pflicht!
Die Zeit ist ***ernst***, und ***ernst*** sei auch der Mann,
wenn er sie zähmen und

(klatscht mit der Peitsche)

beherrschen will!
Es wetterleuchtet um die ganze Erde;
in heilgen Brunnen hat man Blut gefunden,
und aus der Wüste schrillt um Mitternacht
das „rote Lachen“ des Samum herüber,
bei dem sogar dem Löwen, der es hört,
die Zähne bis zum Schlunde locker werden.
Von **solchen** Zeichen läßt man wohl sich warnen,
zumal beim scharfen Klang der Völkerstimmen –

Zweiter Ältester *(ihn unterbrechend)*

Der Völkerstimmen?

Dritter Ältester

Was sind Völkerstimmen?

Abu Kital

Geblitzte Worte, die von Volk zu Volk
gewitterleuchtend durch die Lüfte zucken.
Ihr kennt sie nicht? Ihr habt sie doch gehört!

Babel *(mit scharfer Betonung)*

„***Amerika nur für Amerika***!"

Alle *(halblaut, durcheinander)*

„***Amerika nur für Amerika***!"

Imam *(ebenso)*

„***Der gelbe Osten für die gelbe Rasse***!"

Alle *(lauter, durcheinander)*

„***Der gelbe Osten für die gelbe Rasse***!"

Kadi *(ebenso)*

„***Europa, wahre deine heilgen Güter***!"

Alle *(laut, durcheinander)*

„***Europa, wahre deine heilgen Güter***!"

Abu Kital

Ich hoffe, diese Proben sind genügend,
doch wenn ihr wollt, so kann ich sie vermehren.
Als ich sie hörte, rief ich ohne Säumen
das Imamat der An'allah zusammen.
So nennt euch denn, die ihr dazu gehört!

Imam *(erhebt sich)*

Ich, der Imam, ich bin der heilge Glaube.

(setzt sich wieder)

Kadi *(erhebt sich)*

Und ich, der Kadi, bin das heilge Recht.

(setzt sich wieder)

Babel *(erhebt sich)*

Ich, Babel, bin die heilge Wissenschaft.

(setzt sich wieder)

Hakawati *(erhebt sich und wird dabei von Schefaka unterstützt)*

Und ich, ich bin der alte Hakawati,
die heilge Sage und das heilge Märchen.

(setzt sich mit Hilfe von Schefaka wieder nieder)

Abu Kital

Und ich, der Scheik, ich bin die heilge Macht,
die ich symbolisch in die Peitsche lege,
um anzudeuten, was ich will und

(klatscht)

kann!

Schefaka *(nach dem Teppich der Rede eilend und von da in wichtigem Ton heruntersprechend)*

Und ich bin Schefaka –

Kadi *(in komischem Entsetzen, sie unterbrechend)*

Das Schreckenskind!

Schefaka

Bin Babels Tochter –

Imam *(gutmütig feierlich)*

Und sein Bild zur „Seele“!

Schefaka

Darf nicht mit raten und darf nicht mit reden
und rede doch, sooft der Geist mich treibt!
Zum Beispiel ruf ich jetzt als eure Seele:
„***Das Morgenland nur für das Morgenland***!“

(steigt vom Teppich der Rede herab)

Imam

Sie hat gelauscht!

Kadi

Das tut sie stets!

Schefaka *(legt beteuernd die Hände auf die Brust)*

Nicht immer!
Doch dieses Mal gestehe ich es ein.

(den Arm hebend, begeisternd)

„***Das Morgenland –***

Abu Kital *(mit erhobener Stimme einfallend)*

– nur für das Morgenland!“

Alle *(jubelnd durcheinander)*

„***Das Morgenland nur für das Morgenland***!“

(Man hört die Gebetsbretter hinter der Szene läuten. Die Stimme des Vorbeters erschallt)

Schefaka

Der Schwarze kommt!

Kadi

Wir werden unterbrochen!

Abu Kital

Das Nachmittagsgebet!

Imam

Wir beten mit.

Abu Kital

Und fahren dann in unserm Rate fort.

Zweiter Auftritt

Die Vorigen. Der schwarze Vorbeter. Hinter ihm seine Gehilfen. Er läutet seine Gebetsbretter und singt dazu auf einem und demselben hohen Ton:

> Heijh alas salâh! Heijh alal felâh! Auf zum Gebet!
> Auf zum Heil! Heijh alas salâh! Heijh alal felâh!
> Allahu akbar! Allahu akbar!

(Alsdann kniet er nieder, hinter ihm die Gehilfen. Sie beginnen ihr schreckliches Umeha, und alle Anwesenden fallen ein, nur Schefaka ausgenommen. Als es genugsam wiederholt worden ist, steht der Neger mit seinen Begleitern auf. Sie falten die Hände, und er spricht: „Laßt uns die heilige Fat'ha beten!“ Hierauf trägt er vor).

„Im Namen des allbarmherzigen Gottes! Lob und
Preis sei Gott, dem Weltenherrn, dem Allerbarmer,
der da herrschet am Tage des Gerichts! Dir wollen
wir dienen, und zu dir wollen wir flehen, auf daß
du uns führest den rechten –“

(Er kommt nicht weiter, denn der Scheik eilt von seinem Thron herbei, auf ihn zu, knallt ihm die Peitsche vors Gesicht.)

Abu Kital *(ruft zornig)*

Was fällt dir ein, du Wurm, du Laus, du Wanze!
Wasch dir den Mund mit Seife von Ischnân,
und wage niemals, so mit Gott zu sprechen,
als ob er Mitglied deiner Vetternschaft,
wohl gar der Onkel deiner Tante sei!
Du hast nach meiner Vorschrift nur zu beten,
kein Wort hinzu und keines davon weg;
Allah ist Herr, und was ich will,

(klatscht mit der Peitsche)

geschieht!
Ich weiß es wohl: seitdem in unserm Schlamm
das Christentum nach Heidengöttern gräbt
und so ein „Baal“ kaum zehn Piaster kostet,
ist auch Allah im Preis bei euch gesunken.
Da schreit nun jeder Esel stracks zum Himmel,
indem er meint, die Allmacht habe sich
in allerhöchster, eigener Person
um nichts als seinen Häcksel zu bekümmern.
Uns aber, ***uns*** vom heilgen Imamat,
die wir allein, allein berufen sind,
die Seligkeit im Volke zu verteilen,
uns will man plötzlich überflüssig finden!

(zu allen)

Ich sage euch, Allah soll wieder steigen,
so hoch, so hoch, daß euch die Lust vergeht,
nach ihm zu pfeifen, wie es euch beliebt!

(zum Vorbeter)

Ich will noch einmal das ***Umeha*** hören!

(Der Schwarze kniet wieder nieder, seine Amtshelfer mit ihm. Das Umeha wird wiederholt, samt den Verbeugungen. Der Scheik schlägt mit der zusammengelegten Peitsche den Takt dazu, gibt nach einiger Zeit das Zeichen, aufzuhören, und fährt dann fort):

Es mag genügen! Merkt euch diese Lehre,
und betet nach der altbewährten Weise!
Das schnappt und klappt! Das ist so fest gefügt!
Das bricht sich Bahn! Wer kann da widerstehen?
Ein ***solch*** Gebet steigt wie in Wehr und Waffen
zum Himmel auf und muß selbst Gott besiegen!
Das ist der alte, eiserne Islam,
der nicht zu klappern und zu plappern braucht
wie die,

(zum Vorbeter)

nach denen ***du*** jetzt schnattern wolltest.
Ich bete das Umeha nur und weiß,
daß ich mit diesem starken Schlachtenkeil
zunächst die alte Marah Durimeh,
sodann mit ihr die Stämme der Kiram
und endlich gar

(spuckt aus)

das Christentum besiege.
Und hörst du mich einmal aus freiem Munde,
und wärs auch nur die kurze Fat'ha, beten,
so kannst du tausend Eide darauf schwören,
daß es mit mir zum raschen Ende geht!

Vorbeter *(erschrocken über die Herausforderung des Schicksals, hebt abwehrend den Arm und weicht zurück)*

Daß es mit dir –

Abu Kital *(knallt mit der Peitsche)*

Hinaus mit euch, hinaus!

Vorbeter *(beendet seinen Satz)*

– zum raschen Ende geht!

Abu Kital

Hinaus, hinaus!

(Vorbeter mit Gefolge ab.)

Dritter Auftritt

Die Vorigen, ohne den Vorbeter und sein Gefolge.

Imam *(beiseite, zum Scheik)*

Das war sehr klug, o Scheik!

Kadi *(ebenso, einstimmend)*

Sehr klug, o Scheik!

Imam

Höchst einsichtsvoll!

Kadi

Höchst einsichtsvoll, o Scheik!

Abu Kital *(zu ihnen beiden)*

Das rechte Wort zur rechten Zeit, nichts weiter!

(wieder zum Thron zurückkehrend, zu allen)

Doch warne ich! Als dieser Mensch es wagte,
im Stehen und aus freiem Mund zu beten,
da sah ich die Gefahr, die uns bedroht,
in ihrer ganzen, schwarzen Mißgestalt.

Imam

Ist er denn Christ?

Kadi

Ein heimlicher?

Abu Kital

Noch nicht,
doch ohne meine Peitsche kann er's werden.
Und deshalb will ich Peitsche sein, Kurbatsch,

(klatscht)

Kurbatsch für alle und Kurbatsch für jeden,
der mit dem ***Geist des Abendlandes*** äugelt
und ihm erlaubt, sich bei uns einzunisten!
Denn dieser ***Geist*** ist es, nur dieser ***Geist***,
der an das große, edle Fürstenwort
„***Europa, wahre deine heilgen Güter***"
die niedrige, die frevle Mahnung fügt:
„***Von Asien aber nimm, soviel du willst***!"

Babel

So sei denn ***du*** der ***Geist des Morgenlandes***,
und sammle deine Scharen ***gegen*** jenen!

Imam

Wer soll es sonst wohl wagen, wenn nicht ***du***?

Kadi

Du bist Abu Kital, des Kampfes Vater!

Abu Kital *(stolz)*

Abu Kital, der Scheik der An'allah,
den niemals je ein Sterblicher besiegte,
im Schach so wenig wie im Waffenspiel!
Der „***Geist des Morgenlandes***" soll ich sein?
Es wäre Wahnsinn, wenn ich es nicht wäre!
Denn dieser Geist war stets ein An'allah
und kann nicht über Nacht Mongole werden.
Wohlan, wohlan, ich ***will*** es nicht nur sein,
ich ***bin*** es schon, ich bin es ***wirklich***, wirklich,
denn wenn es Geister gibt, so sind sie Menschen,
und Mensch bin ich auf jeden Fall

(von oben herab lächelnd)

wohl auch!

Babel

Der größte, den es gibt!

Imam

Der mächtigste!

Kadi

Der klügste auch!

Schefaka *(kindlich schwärmerisch)*

Des Vaters Ideal!

Abu Kital

So sei es denn, der ***Kadi*** möge sprechen!

(Der Kadi steht auf, um nach dem Teppich der Rede zu gehen. Da aber erhebt der Märchenerzähler Einspruch)

Hakawati

Noch nicht, o Scheik – laß erst das Märchen reden!

Abu Kital *(zum Hakawati)*

So sprich!

Hakawati *(steht auf)*

Ich danke dir – ich danke dir. –

(wird, während der Kadi sich wieder setzt, von Schefaka zum Teppich der Rede geführt. Auf Schefaka gestützt, spricht er von dieser Stelle aus)

„Mit ihrem Geiste kam die Bibel einst –"

Abu Kital *(ihn unterbrechend)*

Das alte Märchen! Immer nur dies Märchen!

Schefaka *(zum Scheik)*

So laß ihn doch!

Babel *(ihr beistimmend)*

Er hat ein Recht dazu!

Hakawati *(wieder beginnend)*

„Mit ihrem Geiste kam die Bibel einst –"
zum „***Menschen der Gewalt***" im Lande Babel.
Der nahm sie nur für kurze Jahre auf,
dann stieß er sie hinaus, doch ihren Geist
behielt er heimlich hier im Turm zurück
und ließ dafür den seinen mit ihr gehen.
Seit jenem Tage wird die Heilge Schrift
von diesem Geiste der Gewalt bemeistert;
der wahre Geist der Bibel aber schmachtet

(auf den Turm zeigend)

im tiefen Fundamente unsres Turms,
und niemand hat den Mut, ihn zu befreien,
weil über ihm Kital, der Drache, wohnt,
vor dem selbst Helden ihren Mut verlieren."

Abu Kital *(zu den andern)*

Kital bin ***ich*** – in seinen Augen ***ich***!

Hakawati *(fortfahrend)*

„Doch in der Nacht vor großen Tagen hört
man stets im Turm die Harfen der Psalmisten –"

Abu Kital *(einfallend)*

Ich hörte sie noch nie!

Schefaka

Ich hörte sie!

Hakawati *(spricht unbeirrt weiter)*

„Denn vor dem allergrößten dieser Tage
wird sich die Bibel wieder heimwärts finden,
geleitet von der Hand der Menschheitsseele –"

Abu Kital *(schnell)*

Doch hoffentlich die ***echte*** Menschheitsseele,
und nicht ihr ***Zerrbild***, Marah Durimeh,
die morgen kommt, mir Trotz und Schach zu bieten!

Hakawati

„Zu gleicher Zeit erscheint an unserm Turme
der langersehnte, erste ***Edelmensch***,
um mit der scharfen Klinge des Kismet
Kital, den Kampf, den Drachen zu besiegen,
den wahren Geist der Bibel zu befreien
und ihn auf

(zum Scheik, auf den Thron deutend)

diesen deinen Thron zu setzen.“

Abu Kital

Ein Wahnsinn sondergleichen, dieses Märchen!
Der erste Edelmensch der Weltgeschichte,
Sargani, Herr und König von Akkad,
hat vor sechstausend Jahren hier geherrscht,
hier, auf demselben Thron – bedenke, Alter!
Und du erwartest noch den Edelmenschen.

Hakawati *(ohne auf diesen Einwurf zu achten)*

„Und dann geht heilger Friede von uns aus,
von uns, die wir den ***Kampf*** zum Herrscher haben.
Denn dieser Kampf muß, ohne daß er will,
nur aus sich selbst heraus den Frieden zeugen. –“

(macht eine kurze Pause, dann weiter)

Das Märchen sagt, was es zu sagen hat;
ob ihr es hört, das ist nun ***eure*** Sache.
Wollt ihr den Kampf, so kann ich es nicht ändern.
Doch hier am Turm sei Friede, immer Friede,
damit, wenn einst die Harfen wieder klingen,
kein Menschenblut an dieser Stätte fließe,
an der der Mensch zum Menschen werden soll.

(steigt, von Schefaka unterstützt, vom Teppich der Rede herab und wird von ihr bis an seinen Sitz geführt)

Abu Kital *(spöttisch)*

An der – der Mensch – zum Menschen werden soll!
Zum Edelmenschen?

(stark und drohend)

Etwa zum Kiram?
Denn die Kiram –

(spuckt verächtlich aus)

Allah ver-

(klatscht)

damme sie! –
Sie preisen sich allein als Edelmenschen,
und nennen uns die Menschen der Gewalt,
die noch nicht ***sind***, was sie einst ***werden*** sollen.

(drohend)

Doch was wir ***sind***, das wird sich morgen zeigen,
und was wir ***werden***, wissen wir schon heut.
Der ***Kadi*** hat zu sprechen – ***ohne*** Märchen!

(der Kadi steht wieder auf und geht zum Teppich der Rede)

Kadi

Ich klage an die Stämme der Kiram,
die in Afdala und Amana hausen
und darum sich für beßre Menschen halten
als alle andern, die auf Erden sind –

(Abu Kital spuckt verächtlich aus, alle andern ebenso, nur Schefaka, Babel und den Hakawati ausgenommen)

Sie trachten nach dem Turm der An'allah,
nach allen Wundern und nach allen Schätzen,
die er, geheim, in seinem Innern birgt.
Und weil sie sich zu schwach zum Kampfe fühlen –

Abu Kital *(fällt, sich brüstend, ein)*

Kital, Kital, das Drachenungeheuer!

Kadi *(fährt fort)*

So haben sie das Abendland gerufen
und sich mit Marah Durimeh verbündet,
um uns den Turm zu nehmen und den Raub
dann unter sich –

Abu Kital *(einfallend)*

Wie brüderlich!

Kadi *(fortfahrend)*

– zu teilen.
Ihr neuer Scheik, der Ben Tesalah heißt,
der „Sohn des Friedens“ –

Abu Kital *(einwerfend)*

Ich: „des Kampfes Vater!“

Kadi *(fährt fort)*

Hat Krieger aus Europa kommen lassen,
um seine Beduinen einzuüben;
Geschütze sind sogar schon unterwegs –
und kommen wir dem Streiche nicht zuvor,
so wird der Krieg wie ein empörtes Meer
um unsern Turm und unsre Schätze wogen!
Seht zu, daß nicht die Brandung uns verschlinge!

Abu Kital *(grimmig)*

Und das darf sich den Sohn des Friedens heißen?

(spuckt aus, die andern ebenso, mit Ausnahme der schon Genannten)

Ist noch ein Knabe, zwanzig Jahre alt!

(spuckt aus, die andern mit)

Der keinen Vater, keine Mutter hat!

(abermaliges Ausspucken)

Er wurde schmutzig, wie ein Ungeziefer
im Dorngestrüpp der Wüste aufgefunden,
ein Wechselbalg, ein jämmerlicher Bastard,
der gleichfalls morgen kommt, mir Schach zu bieten!

(nochmals Ausspucken aller, außer den dreien)

Kadi *(fährt fort)*

Ich klage an auch Marah Durimeh,
die Herrin von Kulub und Märdistan –

Abu Kital *(einfallend)*

Das alte Geisterweib, die Lügnerin,
die euer Hohn zur Menschheitsseele macht.
Allah verdamme und vernichte sie!

Hakawati *(von seinem Platze aus, schnell)*

Allah behüte sie, die einzig Wahre,
die niemals lügt, sie irre denn sich selbst!

Abu Kital

Du bist die Sage, und du bist das Märchen.
Was weißt denn du von Marah Durimeh?

Schefaka

Verzeih, o Scheik, da muß ich ihm wohl helfen!
Doch grad als ***Sage*** und doch grad als ***Märchen***
muß er die Menschheitsseele besser kennen
als jeder andre, dich nicht ausgenommen!

Abu Kital *(nachsichtig verweisend)*

Du bist ein Kind –

Schefaka *(heiter)*

Jawohl, das Schreckenskind!

Abu Kital *(fortfahrend)*

Und hast ja schon als Tochter deines Vaters
wohl keinen Grund, das Weib in Schutz zu nehmen.
Denn als er einst

(geht zu Babel hin, nimmt das Buch „Der Menschengeist“ und zeigt es)

das Buch vom „Geiste“ schrieb
und es ihr dann als Ehrengabe sandte,
da hat sie es begeifert und verworfen.
Und als sie kürzlich von der „Seele“ hörte,

(zeigt das Buch „Die Menschenseele“)

die hier in dieser Handschrift vor uns liegt,
da hat sie voll Verachtung nur gelächelt!

Schefaka

Das kann sie auch, wenn sich der Vater irrt.
Bedenke doch, er ist ja nur ein ***Mensch***,
doch sie, sie stammt aus fernen Sternenwelten,
ist viele, viele tausend Jahre alt.
Sie trägt ihr weißes Haar in starken Zöpfen,
die vorn herab bis fast zur Erde reichen.
Wenn sie zur Ebene herniedersteigt,
trägt sie den Strahlenpanzer von Kristall –

Abu Kital *(einfallend, spöttisch)*

Und wenn sie oben bleibt auf ihrer Höh' –
von uns hat sie noch ***keiner*** je gesehen –
so sitzt sie mit Gespenstern an dem Brette
und spielt um Menschenseelen Schach mit ihnen.
Sie heißt mit Recht die Hexe des Schatrandsch Schach,
denn wer Jahrtausende um Seelen spielt,
der wird in allen Kniffen wohlgeübt
und kann zuletzt den Teufel überlisten.

Imam

Auch dich?

Kadi

Auch dich?

Babel

Den weltbekannten Meister?

Abu Kital

Auch mich? Das ist ja heut die ***Lebensfrage***!
Ich lade sie seit langem jährlich ein,
zum Turm der An'allah herabzukommen,

um den Entscheidungskampf mit mir zu wagen,
und sie, sie hat es immer abgelehnt –

Imam

Aus Angst natürlich!

Kadi

Nur aus Angst!

Alle *(durcheinander)*

Aus Angst!

Abu Kital

Doch nun, in diesem Jahre – welch ein Wunder –
ging sie auf meine Ladung ein; sie kommt.
Das hat natürlich einen eignen Grund,
den ihr erfahren werdet. Kadi, weiter!

Kadi

Ich klage gegen sie, die Heuchlerin,
die öffentlich als unser Gast erscheint,
doch hinter unserm Rücken Truppen sammelt,
um uns mit Mord und Brand zu überfluten.
Sie hält es mit dem Geist des Abendlandes
und leistet ihm Gefolgschaft, wo sie kann.
Gerade jetzt, wo er nach alten Göttern
und neuen Bahnen hier im Lande strebt,
beschützt sie ihn bei allem, was er tut.
Ihr alle wißt es, daß sie morgen kommt,
um gegen uns ein großes Schach zu reiten,
auf freiem Feld, mit lebenden Figuren
und Pferden aus des Landes besten Ställen.
Sie wird mit großem Prunk vor uns erscheinen,
und reich an Zahl wird ihr Gefolge sein,«
vor dem ich euch –

Abu Kital *(die Peitsche erhebend)*

Paßt auf!

Kadi *(fortfahrend)*

– zu warnen habe.
Es kommt mit ihr der Geist des Abendlandes
mit einer Menge fremder Offiziere,
die auskundschaften und vermessen sollen –

Abu Kital

Als unsre ***Gäste***! Welche Niedertracht!

Kadi *(spricht weiter)*

Natürlich sind sie alle wohlverkleidet
und jeder wohlgeübt in seiner Rolle –

Abu Kital

Figuren zu dem Schachbrett Nummer zwei!

(erklärend)

Das Schach, das wir im freien Felde reiten,
das wird uns von dem Gegner vorgeschoben,
um uns zu täuschen, uns zu überlisten.
Ich spreche da vom Schachbrett Nummer eins.
Doch, während wir auf dieses ***eine*** starren,
um Marah Durimeh den Preis zu nehmen,
sitzt hinter uns, ganz heimlich, unbemerkt,
der Geist des Abendlandes an dem ***zweiten***
und setzt uns matt, bevor wir es nur ahnen.

Babel, Imam, Kadi, die Ältesten

Und setzt uns matt!

Alle *(durcheinander)*

Bevor wir es nur ahnen!

Abu Kital *(sich an die Brust schlagend)*

Der Retter hier, der Scheik der An'allah,
den ihr den ***Geist des Morgenlandes*** nennt,

durchschaut den Plan gleich mit dem ersten Blick
und lächelt über diese grobe List.

(entschlossen)

Ich spiele ***mit***! Ich spiele gegen ***beide***!
Und noch viel ***mehr***: ich ***habe*** schon gezogen.
Ich spiele gegen Marah Durimeh
nur um der Ehre, um des Namens willen.
Doch gegen ihn, ***den Geist des Abendlandes***,
geht es um unsern Turm, um unser Reich,
um unser Land, ja, um die ganze Erde,
und überdies um unsern heilgen Glauben,
der mir so herrlich und so köstlich war,
daß ich für ihn, wie ihr ja alle wißt,
mein Weib, mein Kind hinweggeworfen habe –
mein Weib!

(niedergeschlagen)

O Bent'ullah, o Bent'ullah! –

(sich aufraffend)

Für ihn bin ich noch andrer Opfer fähig.
Man komme nur; man taste mir ihn an!
Man ***kennt*** ihn nicht; man kennt auch ***uns*** nicht mehr.
Die Zwerge sind so klein, so klein geworden,
daß sie nicht mehr an Riesen glauben können.
Noch aber lebt Allah, noch leben ***wir***,
und im Koran liegt Kraft zu tausend Siegen!
Sprich weiter, Kadi!

Erster Ältester

Weiter!

Zweiter Ältester

Weiter!

Alle *(durcheinander)*

Weiter!

Kadi

Wahrscheinlich ist der Geist des Abendlandes
mit Marah Durimeh schon in Hillêh,
von wo er morgen hier erscheinen wird,
natürlich nur in irgendeiner Maske,
durch die er aber ***uns*** nicht täuschen kann.
Und heute kam ein Bote aus Djedur
und brachte uns die sonderbare Kunde,
daß sich der Scheik der Stämme der Kiram
von dort zu uns herüber wenden werde,
um in dem Schach mit Marah Durimeh
als „König“ ihrer Seite mitzureiten.
Er habe sie noch nie, noch nie gesehen
und freue sich, sie hier bei uns zu finden –

Abu Kital *(schnell)*

Da habt ihr ihn ganz offen, den Verrat:
Das Abendland mit seinen Offizieren,
das alte Weib mit Spähern und Spionen
und endlich gar der liebe „Sohn des Friedens“,
der heimlich rüstet, uns zu überfallen.
Die haben wir beisammen –

(wiederholt, indem er jedes Wort einzeln betont)

hier – bei – sammen
Das ist doch mehr als nur ein Fingerzeig.
Die hat Allah zu uns herbeigetrieben,
und wir verstehen ihn, wir greifen zu!

Die Ältesten

Wir greifen zu!

Alle *(durcheinander, mit Waffengeklirr)*

Wir alle greifen zu!

Kadi

So habe ich mein letztes Wort zu sagen,
indem ich euch an eure Pflicht gemahne,
das heilge Recht der An'allah zu schützen.
Ich fordere den Krieg –

Hakawati *(sich erhebend)*

Ich heische Frieden!

Kadi

Und bitte die Dschemma, ihn zu beschließen.
Der Scheik befrage das Kismet!

(kehrt an seinen Platz zurück)

Abu Kital

Es sei!

(zieht die krumme Klinge aus der Gürtelschnur, hält sie mit beiden Händen, die eine am Griff, die andere an der Spitze, hoch über den Kopf und fährt fort)

So zeige ich nach alter Stammessitte
nun der Dschemma die Schärfe des Kismet
und frage nach dem Kampf und nach dem Frieden.
Wer will den Frieden?

Hakawati *(die Hand hebend)*

Ich!

(sich umschauend, klagend)

Nur ich allein!

Abu Kital *(zum Hakawati, indem er die Klinge sinken läßt)*

Dein Friede ist, wie du, ja nur ein Märchen!

(zur Versammlung)

Wer aber will den Kampf?

Kadi *(will sich eben setzen, bleibt aber stehn)*

Wer will den Kampf?

Erster Ältester *(die Hand erhebend)*

Den Kampf!

Zweiter Ältester *(die Hand erhebend)*

Den Kampf!

Dritter Ältester *(die Hand erhebend)*

Den Kampf!

Imam (die Hand erhebend)

Wir alle!

Alle *(die Hände erhebend, mit Waffengeklirr)*

Alle!

Hakawati

So gehe ich!

Schefaka *(ihn stützend)*

Und ich, ich gehe mit.

Hakawati *(im Gehen, zu ihr, aber so, daß auch die andern es hören)*

So wirst du ***Gäste*** grüßen, ***meine*** Gäste!

Abu Kital *(zu ihm)*

Du, sprichst von Gästen?

Hakawati *(stehenbleibend)*

Ja.

Abu Kital

Wer sind sie? Sprich!

Hakawati

Du weißt es ja. In meinem armen Zelt,
das fern, entlegen von den andern steht,
kehrt niemand ein als nur die Phantasie.

Abu Kital *(schnell und begeistert)*

Die Phantasie? So ist sie wieder da?

Hakawati

Mit einer Schülerin.

Abu Kital

Und weiter, weiter?
Sie meidet uns. Wir kennen sie noch nicht.
Hast du gesagt, daß ich sie sehen will?
Daß ihrer ich zu unserm Spiel bedarf?

Hakawati *(zurückhaltend)*

Ich sagte ihr, daß Schattenspieler kommen,
mit ihrer Kunst die Gäste zu zerstreuen,
und du zu mir den Wunsch geäußert hast,
daß sie, die größte aller Künstlerinnen,
hierbei die Schatten unterstützen möge.

Abu Kital *(dringend)*

Und weiter doch! Ist sie bereit dazu?

Hakawati

Das weiß ich nicht, doch wird sie hier erscheinen,
um dich zu sehen und es dir zu sagen.
Ich warne dich.

Abu Kital

Vor ihr?

Hakawati

O nein, vor dir!
Die Phantasie ist keine Bettlerin
und keine Narretei, die man belächelt.
Nur wer Sitara kennt, das wunderbare
und hochgelegne Land der Sternenblumen,
der wird von ihr besucht, kein anderer.

Bei dir erscheint sie heut nur ***mir*** zuliebe;
drum warne ich. Nimm dich vor dir in acht!

(Hakawati mit Schefaka ab.)

Vierter Auftritt

Die vorigen ohne Schefaka und den Hakawati

Abu Kital *(hinter ihnen her)*

Der Friede geht. Ich wende mich zum Krieg.
Kein Hakawati soll uns mehr beirren.

(zur Versammlung)

Ich traue diesem alten Märchen nicht
und spreche jetzt erst ganz aus freier Seele.
Doch machen wir es kurz!

Die Ältesten

Die Taten warten!

Abu Kital

Ihr habt gehört, daß sich der Sohn des Friedens
als König hier im Schach gebärden will,
Das Findelkind als König gegen mich!
Für solche Schande geb ich auch nur Schande,
indem ich Gleiches gegen Gleiches setze.
Es lagert eine Todeskarawane
im alten Wadi von Abu Hasaf,
wohl vierzig Männer stark, zerlumpt, zerrissen,
die Schuftigkeit in jedem Angesicht,
noch schwimmend im Gestank der Perserleichen,
die sie nach Meschhed Husseïn gebracht.
Von aller Welt verlassen, ausgestoßen,
geborne Teufel, jeder Sünde fähig.
Ihr Scheik, zwar noch nicht alt, wie man mir sagt,
doch ebenso verkommen wie die andern,
wird hier auf unsrer Seite König sein

und auch die übrigen Figuren alle
mit seinen Vagabunden für uns stellen.

Die Ältesten

Das wird getan!

Alle *(durcheinander)*

Das soll die Antwort sein!

Abu Kital

Er kommt noch heute, vor der Dämmerung –

Dritter Ältester *(mit der Gebärde des Grauens)*

Zu uns? Der Scheik der Todeskarawane!

Abu Kital *(fortfahrend)*

Daß ich ihn Aug in Auge kennenlerne
und mich an seine Gegenwart gewöhne.
Ein Wagehals – nehmt euch in acht vor ihm!

Erster Ältester

Ein Wagehals!

Alle *(durcheinander)*

Nehmt euch in acht vor ihm!

Abu Kital

Daß ich die Phantasie für uns gewinne
und diese Schurken als Figuren stelle,
das sind die Meisterzüge, die ich tue,
eh' noch das große Spiel begonnen hat.
Bedenkt die Lage, die sich da ergibt:
Der Feind entfaltet stolz ein Schaugepränge,
wie man noch keines hier gesehen hat;
und ganz besonders werden die Figuren,
die auf den edelsten der Pferde glänzen,
nur ausgewählte, stolze Männer sein,
an deren Ehre wohl kein Makel haftet.

Zu diesen ausgewählten Glanzgestalten
geselle ich zerlumpte Leichenschlepper,
kaum Menschen noch, verkommnen Bestien gleich.
Was wird geschehn?

(seinen Säbel zeigend)

(alle Säbel fliegen aus den Scheiden, und wer sitzt, springt auf)

Alle *(durcheinander, waffenrasselnd)*

Die Klinge wird dann sprechen!

Abu Kital *(seinen Säbel schwingend)*

Wie diese hier, die oft gesprochen hat
und die ich nun nach altem heilgen Brauch –

Fünfter Auftritt

Die Vorigen.

Der Vorbeter kommt und meldet.

Vorbeter

Ich melde, daß man bei Abu Redscheb,
sodann am Ufer von Zafirijat
und endlich auch bei Schumali im Süden
gewaltge Reiterei gesehen hat.

Abu Kital *(hoch erfreut)*

Allah sei Lob und Dank! Das sind die Freunde,
die sich von allen Seiten heimlich nähern,
um diese ganze Gegend zu besetzen
und uns samt unsern Gästen zu umzingeln.

(stolz, zuversichtlich)

Die Krieger der verbündeten acht Stämme!
Das wird für unser Spiel ja wohl genügen.

(mit erhobener Stimme)

Das ist der dritte Meisterzug von mir!
Die Führer dieser Stämme sind geladen,
sich heut um Mitternacht hier einzustellen –

(erklärend)

um Mitternacht, damit man sie nicht sieht –

(im vorigen Ton)

und ihre letzte Unterschrift zu geben.
Sobald sie ***alle*** kommen, was ich hoffe,
sind unsre Feinde unbedingt verloren.
Ich lade euch zu dieser Sitzung ein,
nach heute abend, grad um Mitternacht.
Die jetzige beende ich – hört her!

(Er verläßt seinen Platz, mit dem Säbel in der Hand, um ihn nach der altheiligen Gepflogenheit des Stammes bis an den Griff in die Erde zu stoßen. Die Anwesenden erheben sich und bilden einen nach dem Zuschauerraum offnen Halbkreis, den Scheik in der Mitte)

Abu Kital

Ihr habt den Kampf gewählt. Er sei!

Alle *(jubelnd)*

Er sei!

Abu Kital

So stoße ich die Klinge des Kismet

(tut es und läßt sie stecken)

bis an das Heft in diese unsre Erde,
um die es geht.

Alle Ältesten

Um die wir heute kämpfen!

Abu Kital

Verflucht sei der, der sie von hier entfernt,
bevor der Sieg von uns erfochten ist.
Er sei ein Kind des Todes! Sei verflucht!

Imam

Er sei verflucht!

Alle *(durcheinander):*

Er sei ein Kind des Todes!

Abu Kital

Und nun erhebe das Kismet die Stimme,
die Völkerstimme, die aus Babylon
hinaus in alle Erdenländer schreit:
„***Das Morgenland nur für das Mor*** –“

Kadi *(einfallend)*

Halt ein!
„Das Morgenland nur für das Morgenland“,
das schalle um den ganzen Erdenkreis,
und jeder andre mag es wörtlich nehmen.
Wir aber, wir, die wir bewandert sind
in den Mysterien vergangner Zeiten,
durch heilge Offenbarung wissen wir,
daß dieser Ruf in dieser Stunde heißt:
„***Das Morgenland nur für die An'allah***!“

Alle *(frohlockend)*

„***Das Morgenland nur für die An'allah***!“

(die bekannten Beifallsrufe, Waffengeklirr, schmetternder Tusch der Instrumente)

Imam

Und weiter, weiter! Wenn Allah es will
und morgen unser erster Schlag gelingt,
so bleiben wir nicht hier im Lande stehn!

Abu Kital *(im stärksten Ton, mit der Peitsche knallend)*

„***Die ganze Erde für die An'allah***!"

Alle *(in höchster Erregung)*

„***Die ganze Erde für die An'allah***!"

(Gellender Jubel der Menschenstimmen und der Instrumente. Man umringt den Scheik, auch Babel, den Imam und den Kadi. Den schwarzen Vorbeter an der Spitze, bildet sich ein Zug, der sie in die Mitte nimmt, um sie im Triumph vom Beratungsplatz nach dem Lager zu geleiten. Es gelingt nur dem Imam und dem Kadi, sich zu lösen und zurückzubleiben. Die übrigen ziehen unter Musik und Freudenrufen ab.)

Sechster Auftritt

Der Imam. Der Kadi.

Musik und Menschenstimmen verklingen nach und nach.

Imam *(hinter dem Scheik und dem Zug herdeutend)*

Triumph, Triumph!

Kadi *(stolz)*

Für ***uns***!

Imam

Wie er gehorcht!

Kadi

So ahnungslos, daß er geleitet wird!

Imam

Ein Meisterplan von dir!

Kadi

Von dir!

Imam und **Kadi** *(zugleich)*

Von beiden!

Kadi

Wo scheinbar die ***Gewalt*** am Ruder steht,
lenkt heimlich doch das heilge ***Recht***!

Imam

Gewiß!
Lenkt aber auch der alte heilge ***Glaube***!

Kadi

Wir lenkten ***damals*** schon –

Imam

bei Bent'ullah!

Kadi

Und er gehorchte –

Imam

ganz genau wie heut!

Kadi

Ein Sieg des Rechts –

Imam

ein Sieg des heilgen Glaubens,
daß er die Christin endlich gehen hieß
und jenes Schriftstück dann für richtig hielt,
mit dem wir ihren Tod bestätigten.
Sie war zu schön –

Kadi

gefährlich!

Imam *(achselzuckend)*

nur ein Weib!

Kadi

Erst gestern aus der Fremde hergekommen,
ward sie schon heut von allen wie vergöttert –

Imam *(rasch und streng einfallend)*

Und deshalb griffen wir schon morgen ein,
sie wieder fortzubringen.

Kadi *(nickt bedächtig)*

– fortzubringen.

Imam

Es war die heilge Pflicht, der wir gehorchten –

Kadi

Dem heilgen Rechte –

Imam

– und dem heilgen Glauben.
Denn wer sie sah, der ward ihr gleich gewogen,
und was sie tat, das wurde nachgeahmt.
Ich sage dir, wenn sie geblieben wäre,
so wäre

(auf den Turm zeigend)

dieser Turm jetzt eine Kirche,
und unser Land gehörte längst den Christen.
Nein, nein, sie mußte fort!

Kadi *(zustimmend)*

Sie mußte fort!

Imam

Und doch tut er mir leid!

Kadi

Ach, rede nicht!

Imam

Er liebt sie noch; er kann sie nicht vergessen.
Hast du's nicht vorhin selber klar gehört,
als er von ihr und seinem Kinde sprach?
Wie nun –

(sich vorsichtig umsehend)

– wenn sie jetzt plötzlich hier erschiene?!

Kadi *(erschrocken)*

Ich bitte dich: Beschwöre nicht Gespenster!

Imam *(betroffen)*

Gespenster? Bei Allah, nicht dieses Wort!
Nicht mir ist es gefährlich, aber dir!
Du fürchtest dich!

Kadi *(zögernd)*

Ich – ja, ich fürchte mich!

Imam *(streng, im Ton einer geistlichen Gewissensfrage)*

Vor ***ihr***allein? Nicht auch vor ihrem ***Glauben***?

Kadi *(unbehaglich)*

Ja denn, vor beiden, auch vor ihrem Glauben!
Denn wenn geschähe, was du eben sagtest,
daß sie sich wieder her zum Turme fände,
wie in der Mär des alten Hakawati,
so wären wir verloren, du und ich,
und ebenso der heilige Islam
mit unserm herrlich angelegten Plan –

Siebenter Auftritt

Der Imam. Der Kadi. Abu Kital kehrt zurück. Er hat die letzten Worte gehört.

Abu Kital *(dem Kadi in die Rede fallend)*

Ihr sprecht von unserm Plan. Er wird gelingen.
Das ganze Lager steht in Jubelflammen.

Man wollte uns durch alle Gassen schleppen,
doch habe ich mich glücklich losgerissen,
um der verdienten Ruhe hier zu pflegen.
Ich bitte euch, mich drüben zu vertreten.

(sie wollen fort)

Doch halt!

(zum Imam)

Wann kommen unsre Schattenspieler?

Imam

Noch vor der Dunkelheit; so sagten sie.

Abu Kital *(zum Kadi)*

Und wann der Scheik der Todeskarawane?

Kadi

Zur selben Zeit. Du hast vor ihm gewarnt.
Nun warne ich auch dich!

Abu Kital

Warum auch mich?

Kadi

Ich warne dich: er hat es innerlich!
Sein Auge geht durch Holz und Stein und Stahl.
Es liegt etwas darin, wie eine Schuld,
doch nicht etwa, die ***er***begangen hat,
nein, sondern ***der***, der eben vor ihm steht.

Abu Kital

Und der warst ***du***! Hast du ein schlecht Gewissen?

Kadi

Gewissen? Ich? – Ich kenne ihn ja nicht.
Es war zum erstenmal, daß ich ihn sah.
Auch du hast ihn gewiß noch nie gesehn,

doch wette ich, du fühlst genau wie ich,
sobald du mit ihm redest.

Abu Kital *(spöttisch)*

Maschallah!

Achter Auftritt

Die Vorigen. Babel und Schefaka kommen.

Babel *(zu Abu Kital)*

Ich sah, daß du entflohst, und folgte dir.
Da traf ich Schefaka –

Abu Kital

Sie kommt mir recht.

(zu Schefaka)

Du hast die Phantasie gesehen?

Schefaka

Nein.
Nur ihre Schülerin war jetzt daheim.

Imam *(neugierig herantretend)*

Wie sah die aus?

Kadi *(ebenso)*

Jawohl, wie sah die aus?

Schefaka

So lieb und mild – wie sag ichs schnell? – wie Gnade!
Im Freien muß sie stets verschleiert gehen.
Sie kommt mit ihrer Herrin dann hierher.

Abu Kital *(hastig)*

Sie kommt zu uns?

Schefaka

Sie kommt.

Abu Kital

Und wann?

Schefaka

Vor Abend.
Sie hat mir auf mein Bitten zugesagt,
daß sich die Phantasie bemühen werde,
das Schattenspiel nach deinem Wunsch zu leiten.

Abu Kital

Allah sei Dank! Die Phantasie ist mein!

Imam

Der Streich gelingt!

Kadi

Ich kann beruhigt gehen!

(Imam und Kadi ab.)

Neunter Auftritt

Abu Kital. Babel. Schefaka.

Abu Kital *(ihnen nachschauend)*

Da gehn sie hin, die Geister des Koran!
Wie gern sie doch regieren, diese beiden!
So heimlich – ohne daß man es bemerkt!
Man kann sie nur auf scharfer Trense reiten.
Doch läßt am Ende man sie sich gefallen!

Schefaka *(hat ein Kissen aus dem Zelt geholt, legt es auf den steinernen Thron. Zum Scheik)*

Komm, setze dich, du ***Geist des Morgenlandes***!

(während er es tut)

Ob du wohl weißt, wie gern auch du regierst?
Ganz öffentlich – daß jeder es bemerkt!
Man muß oft große Nachsicht mit dir haben.
Im übrigen gefällst du mir sehr gut!

(holt ihm einen Tschibuk, bringt Tabak, gibt Feuer, auch ihrem Vater, der seinen Platz wieder eingenommen hat und in den Büchern blättert)

Abu Kital *(sich behaglich dehnend)*

Wie wohl ist mir! – Da, nimm die Peitsche hin!

(gibt ihr die Peitsche, die sie zur Seite legt)

Ich will mich pflegen. Fort mit dem Regieren,
war es auch nur um deinetwillen, Kind,
damit ich dich einmal zufriedenstelle!

(zu Babel)

Was tun wir heut?

Babel

Wir kleiden unsre Seele.

Schefaka *(faltet lächelnd die Hände und senkt sie herab)*

„Was tun wir heut?" „Wir kleiden, unsre Seele!"
Wie groß das klingt, wie überirdisch groß!

(erklärend)

Der Schöpfer hat ein dickes Buch geschrieben,
das hochberühmte Buch vom „Menschengeist",
zu dem der Scheik ihm einst das Vorbild war.
Und nun das Buch gebunden vor uns liegt,
sitzt er, der Schöpfer,

(auf ihren Vater deutend)

unten an der Erde
und seine Kreatur, der „Menschengeist",

(auf den Scheik deutend)

dagegen auf dem allerhöchsten Platz!

Abu Kital *(lächelnd)*

Das Schreckenskind!

Babel *(ernst)*

O nein – das Bild zur „Seele“!

Schefaka *(fortfahrend)*

Der Schöpfer schreibt an einem zweiten Werk,
an einem Buche von der Menschenseele,
zu der nun ***ich*** das Bild zu stellen habe.
Ich glaube, wenn er es vollendet hat,
ist er ganz in die Erde weggeschwunden,
hingegen ich, nur seine Kreatur,
bin in den höchsten Himmel aufgestiegen.

Babel *(mit Würde)*

Das Hohe sinkt, sobald das Niedre steigt;
das ***ist*** Gesetz und wird es ewig bleiben.

Schefaka *(kindlich)*

Wenn du hinuntersinkst, sobald ich steige,
so bleib ich unten; denn ich liebe dich.
Wenn ich mich heut als „Seele“ schmücken soll,
geschieht es nur für ***dich*** und nicht für ***mich***.
Denn dieser Schmuck, den du mir anbefiehlst,
ist viel zu schwer und viel zu reich für mich.

Abu Kital

Fast ebenso kam mir der meine vor,
da ich als „Geist“ vor meinem Spiegel stand;
doch heute weiß ich, daß es richtig war.

(sich erinnernd, mit Stolz)

Dein Vater kleidete mich

(deutet nach dem Turm)

aus dem Schatz
in königliche Marakanda-Seide.
Im Gürtel von geweihter Schlangenhaut
erglänzte mir die scharfe Suri-Klinge.
Im Haar trug ich den Reif von Eridu,
und von der Schulter floß in schweren Falten
der goldgewebte Mantel von Elissa.

(steht auf, mit königlicher Gebärde)

So saß ich als der erste „Morgengeist“

(auf seinen Thron deutend)

hier auf dem ersten Thron der Weltgeschichte –

(macht einige feierliche Schritte und fährt dabei fort)

ging auch zuweilen stattlich hin und her
und übte mich in wirkungsvollen Blicken –

Schefaka *(lebhaft)*

Ich weiß, ich weiß. Das tut der Geist ja immer!

Abu Kital *(scherzend)*

Die Seele aber nicht?

Schefaka

Es fällt ihr schwer.

Abu Kital

Auch wenn ich helfen dürfte?

Schefaka

Dann vielleicht!

Abu Kital

So geh, und schmücke dich!

Schefaka *(zu ihrem Vater)*

Soll ich es tun?

Babel *(auch scherzend)*

Der Geist befiehlt!

Schefaka

So füge ich mich ihm!

(verschwindet in der Frauenabteilung des Zelts.)

Zehnter Auftritt

Abu Kital. Babel.

Babel

Sie steigt hinab.

Abu Kital

Hinunter in den Turm?

Babel

Bis in den Drachensaal, sich anzukleiden.

Abu Kital *(aufhorchend)*

Bis in den Drachensaal? Wo er noch steht,
Kital, Kital, das blutge Ungeheuer?
Wir Knaben stiegen oft zu ihm hinunter
und starrten ihn mit kaltem Grauen an.
Die Sage ging, daß er von Zeit zu Zeit
sich aus dem Stein in Fleisch und Blut verwandle
und dann herauf ans Licht des Tages steige,
um Tausende von Menschen zu verschlingen.
Wir wagten darum nicht, ihn anzurühren,
weil wir befürchteten, er wache auf.
Vorüber. – Dann, wenn Bent'ullah und ich
im Drachensaal die heilgen Bücher lasen,
da gab es einen kleinen, kühnen Mann,
der fürchtete sich vor dem Drachen nicht
und kletterte ihm auf dem Leib herum,

bis hoch hinauf zum aufgerißnen Maule,
an dessen Zähnen er das Zählen lernte –

(klagend)

mein Kind – mein lieber Junge – Bent'ullah –

Babel

Der Schwarze kommt!

Elfter Auftritt

Abu Kital. Babel.

Der Neger kommt mit einer Meldung.

Abu Kital *(zum Schwarzen)*

Was hast du zu verkünden?

Vorbeter

Soeben wird aus Kartijat berichtet,
man habe fremde Krieger dort gesehen.

Babel *(erfreut)*

Das sind die Haïnin, die wir erwarten!

Abu Kital *(zum Schwarzen)*

Berichte das im Lager drüben. Schnell!

(Vorbeter ab.)

Zwölfter Auftritt

Abu Kital. Babel.

Abu Kital

Schon also vier von den Verbündeten!

Babel *(aufzählend)*

Die Ger Amin –

Abu Kital

und die Munafikin –

Babel

Die Beni Har –

Abu Kital

und jetzt die Haïnin.

Babel

Nun noch die andern vier!

Abu Kital

Die kommen sicher!

Babel *(mit einiger Besorgnis)*

Wenn aber nicht?

Abu Kital

Das wär nicht unbedenklich;
denn grad, die jetzt noch fehlen, sind mir wert.

Babel *(wieder aufzählend)*

Die Hukama –

Abu Kital

Sodann die Ukala

Babel

Die Krieger der Schukuk –

Abu Kital

und der Schuttar.
Grad diese vier sind treu und zuverläßlich.
Ich hoffe nicht, daß auch nur einer fehlt.
Erst dann erscheint der Kreis ringsum geschlossen,
und keiner unsrer Feinde wird entkommen.

Babel *(vorsichtig)*

Und wenn es dennoch nicht gelingen sollte –

Abu Kital

So wird die Schuld auf unsre Freunde fallen
und nicht auf uns. Wir sind ja mit umzingelt! –
Du siehst, ich spiele Schach.

Babel

Sogar mit mir!

Abu Kital

Verzeih, wenn ich dir nicht gleich alles sage,
wie ich es einem andern sagen würde,
der mir nicht heilig und nicht teuer ist!
Du bist kein An'allah, bist ein – Gelehrter
und hast –

Babel *(ihn unterbrechend)*

– doch Mut genug, mit euch zu kämpfen! –
Ich kam zu dir als armer, fremder Mann.
Du nahmst mich auf und wurdest mein Beschützer.
Du schenktest mir sogar

(auf das Zelt deutend)

dein eignes Zelt –

Abu Kital *(einfallend)*

Als Bent'ullah von mir gegangen war,
konnt ichs nicht mehr ertragen, hier zu wohnen.

Babel *(fährt fort)*

Und was ich bin, bin ich durch deine Güte!

Abu Kital

Durch deinen Fleiß, Freund, deine Ehrlichkeit!

Babel

Und meinen Dank –

Abu Kital

Sei still; ich bitte dich.

Babel *(steht auf)*

Wenn Schefaka zuweilen zu dir sagt,
du seist mein Ideal, so hat sie recht.
Die Wissenschaft vergöttert sich den Menschen,
damit sie sagen kann, sie diene Gott.
Ich habe dich zu mir emporgezogen.
Ich leite dich noch über mich hinaus.
Dort oben aber suche ***selber*** Halt,
denn ich bin dort ein Fremder, wie einst hier,
und kann nur bitten, mich dir nachzuziehen.
Verstehst du mich?

Abu Kital

Ich hoffe es, mein Freund.

Babel

So laß mich immerhin – Gelehrter sein,
doch glaube mir, ich wage ***mehr*** für dich,
als je ein andrer für dich wagen könnte;
denn, wenn ich mich in dir, dem ***Menschen***,
täusche, so habe ich mich auch im „***Geist***“ getäuscht,
muß mich auch ferner in der „***Seele***“ täuschen,
und meine ganze stolze Wissenschaft
bricht, mich zerschmetternd, über mir zusammen.

Abu Kital *(ist auch aufgestanden, sehr ernst)*

Sei still und sei getrost; ich täusche nicht!
Das schwöre ich – das schwöre ich –

(zögert, sucht in sich)

Babel

Bei wem?

Abu Kital

Nicht bei Allah und nicht bei dem Koran –
ich schwöre es bei – Bent'ullah, der Toten –

Babel

Bei Bent'ullah, mein Freund, bei Bent'ullah?
Ist sie noch jetzt, noch heute dir so heilig,
daß du bei ihr –

Abu Kital

Das Heiligste auf Erden!

(wie in die Ferne schauend)

Sie war so schön, so rein, fast überirdisch,
mit strahlendem Gesicht und wunderbaren,
noch völlig unerforschten Sternenaugen.
Ich sah sie täglich aus dem Lager schreiten,
des Morgens und des Abends, um zu beten.
Sie trug den Kopf wie ein gekröntes Haupt.
Und wenn sie mit dem Herrn des Himmels sprach
im ersten und im letzten Strahl der Sonne,
dann faltete von fern auch ich die Hände. –
Oh, Bent'ullah, wenn ich dich stehen sah,
den klaren Blick von innerm Licht erhellt,
dann eilte ich zum Schatz der Tiefe nieder
und holte alles, was ich köstlich fand,
um dich wie eine Herrscherin zu schmücken.
Ich seh dich noch, als war es heut gewesen,
errötend unter dem Geschmeide lächeln,
das du in solchen heilgen Stunden trugst,
nur mir zuliebe, nicht aus eitlem Sinn ...

Babel *(nimmt die Handschrift vom Tischchen)*

Genau, wie ich die Seele hier beschreibe.

Abu Kital

In deiner Handschrift? Sprich!

Babel *(deutet auf eine Stelle)*

Da – sieh!

Abu Kital

Gib her!

Dreizehnter Auftritt

Abu Kital. Babel.

Schefaka erscheint unter dem Vorhang ihrer Zeltabteilung, wird aber nicht bemerkt. Sie ist als „Seele“ gekleidet, genau so, wie vorgelesen wird.

Abu Kital *(nimmt Babel die Handschrift aus der Hand und liest die Stelle vor)*

„Ich schmücke dich mit Gold aus Babylon,
mit Steinen, die Schamuramat Semiramiseinst trug,
mit zauberschweren Altupirti-Ketten
und Perlen aus der Zeit der Sündenflut.
Wenn du wie eine Fürstin vor mir schreitest,
klingt dir am Fuß die Spange von Sirgulla,
und bist du müd, so winkt dir süße Ruhe
auf weißem Alabaster von Martu,
auf dem du wie ein holder Königstraum
aus Agadi zu uns herüberschlummerst.“

(das Buch schließend und wieder in die Ferne schauend)

Der Schmuck von Bent'ullah! – Sie ließ ihn mir.

Babel

Er wird im Drachensaale aufbewahrt,
doch ***nun*** soll ihn die „Menschenseele“ tragen.

Abu Kital *(ohne auf Babels Worte zu achten)*

Auf weißem Alabaster von Martu!

(auf die Bank zeigend)

Auf ***diesem*** hier, auf ihrem Lieblingsplatz!

(nimmt Babel bei der Hand, führt ihn bis an die erste Kulisse links, vor der Marah Durimeh verborgen sitzt, und deutet hinaus ins Freie)

Sie ging zum Beten stets nur ***diesen*** Weg
und bei der Rückkehr gleich zum Alabaster,
um auszuruhn vom weiten Weg zur Höhe.
In letzter Zeit ist es mir oft gewesen,
als sei sie nur zum Beten fortgegangen,
als müsse sie jetzt wiederkommen – jetzt –
in jedem Augenblick – da ist sie schon! –
Und stracks zum Alabaster gehen: – so!

(geht, als sei er Bent'ullah, in grader Richtung zur Bank. Da fällt sein Blick auf Schefaka. Er schreit auf):

Allah, Allah! Da steht sie! – Bent'ullah!

Schefaka *(läßt den Vorhang, den sie in der Hand gehalten hat, hinter sich fallen, kommt näher)*

Ich bin die „Seele", doch nicht Bent'ullah,
die höher stand, als Seelen stehen können.
Verzeih mir, Scheik – ich wollte dich erfreun!

Abu Kital

Nicht Bent'ullah –! Die Seele –! Nur die Seele!
Und doch –

(aufatmend)

es war ein Trugbild nur – Allah!

(rafft sich zusammen)

Schefaka *(aufmunternd)*

So sammle dich, und schau die Seele an!
Gefällt sie dir?

(dreht sich einigemal um und um vor ihm, bleibt dann stehn)

So sag doch, was du denkst!

Abu Kital *(noch etwas verstört; prüft die gewichtige Seide ihres Gewands mit der Hand)*

Beinahe Bent'ullah, nur kleiner – kleiner.
Wird es dir nicht zu schwer, die Last zu tragen?

Vierzehnter Auftritt

Die Vorigen.

Der Scheik der Todeskarawane erscheint im Hintergrund, wird aber zunächst nicht bemerkt.

Schefaka

Es hindert mich. Ich kann mich kaum bewegen,
und wenn ich das nicht tu, so hört man nichts.

(Sie versucht, majestätisch hin und her zu gehn, was aber nicht gelingt. Sie hebt dabei das Kleid hoch auf. Man hört bei jedem Schritt die Spangen klirren, weil sie stampft. Sie spricht dazu):

„Wenn du wie eine Fürstin vor mir schreitest,
klingt dir am Fuß die Spange von Sirgulla.“
Sie klingen wirklich, Scheik, die goldnen Spangen,

(stampft)

jedoch die Majestät, die fehlt mir noch.
Drum gib mir deinen Arm, und führe mich!
Du bist der Geist; du wirst mir trefflich helfen.

(Sie zieht ihn mit sich fort und geht mit ihm neckisch-stolzen Schritts auf und ab. Er findet sich hinein und denkt an das Gewand, das er als Modell zum „Geist“ getragen hat. Indem er dessen einzelne Teile nennt, beschreibt er sie durch lebhafte Handbewegungen)

Abu Kital *(mit hoher Würde hin und her schreitend)*

Ich bin der Geist, im Mantel von Elissa!

Schefaka *(versucht, es ihm nachzumachen)*

Und ich die Seele! Gold aus Babylon!

Abu Kital

In königlicher Marakanda-Seide!

Schefaka

Mit Steinen, die Schamuramat einst trug!

Abu Kital

Im Haar den Götterreif von Eridu!

Schefaka

Mit zauberschweren Altupirti-Ketten!

Abu Kital

Ein Gürtel von geweihter Schlangenhaut!

Schefaka

Und Perlen aus der Zeit der Sündenflut!

Abu Kital

Und endlich gar die scharfe Suri-Klinge!

Schefaka *(ihn nach dem Alabaster führend)*

Und bin ich müd, so winkt mir süße Ruhe
auf weißem Alabaster von Martu,
auf dem ich wie ein holder Königstraum
aus Agadi zu euch hinüberschlummre.

(legt sich hin)

Da liegt der Traum!

(bemerkt dabei den Scheik der Todeskarawane, richtet sich schnell wieder auf, deutet auf ihn und ruft):

Ein Fremder – dort ein Fremder!

Abu Kital *(greift, als er den sehr ärmlich Gekleideten sieht, nach der Peitsche)*

Wer bist du, Mensch?

Babel

Wer brachte dich hierher?

Scheik der Todeskarawane

Ich bin der Scheik der Todeskarawane.

Schefaka *(in heftigem Schreck)*

Der Scheik der To – – Allah beschütze uns!

(eilt zu ihrem Vater und duckt sich hinter ihm nieder. «Während die „Seele" sich derart in den Schutz der „Wissenschaft" flüchtet, verschwindet im gleichen Augenblick Marah Durimeh, nur von den Zuschauern gesehn, von ihrem Platz und deutet damit an, daß nun ein selbständiger, mündiger Geist in die Handlung einzugreifen beginnt. Der Scheik der Todeskarawane wird durch den plötzlichen. Anblick des Gesamtbilds in eine gewaltige, innere Bewegung versetzt. Er muß dies den Zuschauer ahnen lassen, ohne aber dieser Aufregung Zeichen zu verleihen, die gegen seinen Charakter verstoßen. Diese Rolle kann nur von einem Meister gegeben werden, dem es gelingt, durch die kleinste Bewegung Großes zu sagen und trotz der

ausdruckvollsten Geste verschwiegen zu bleiben. Er geht langsam einige Schritte vorwärts, wie ein Träumender, und scheint doch alles mit den Augen zu verschlingen. Dann bleibt er stehn und grüßt die Anwesenden)

Scheik der Todeskarawane

Salam!

Schefaka *(zaghaft)*

Salam!

Babel *(zurückhaltend)*

Salam!

Scheik der Todeskarawane *(zu Abu Kital, der ihm nicht dankte)*

Ich grüßte dich!

Abu Kital *(weicht vor ihm bis an den Thron zurück, auf den er sich setzt)*

Es stinkt nach Aas und Tod!

Scheik der Todeskarawane *(horcht beim Klang dieser Stimme auf, zu Babel und Schefaka)*

Wo ist der Scheik?

Schefaka *(hinter ihrem Vater hervor, weil dieser mit der Antwort zögert)*

Auf seinem Throne da.

Scheik der Todeskarawane *(ohne nach Abu Kital zu schauen)*

Wer bist denn du?

(Er geht zu ihr hin und zieht sie hinter ihrem Vater hervor; er betrachtet sie lächelnd mit Teilnahme. Dabei dreht er sie um sich selber, bis sie ihm das Gesicht wieder zuwendet. Sie antwortet, sehr schüchtern, bei jeder dieser Drehungen einen Satz)

Schefaka

Ich heiße Schefaka – die „Menschenseele" –
bin Babels Tochter – bin das „Schreckenskind".

Scheik der Todeskarawane *(lachend)*

Das glaub ich dir!

(ernst fortfahrend)

Die „Seele" war von je
das Schreckenskind des menschlichen Gehirns.
Der Schreckens ***vater*** aber ist der ***Geist***,
der ***sogenannte*** Geist –

Abu Kital *(aufbegehrend)*

Wen meinst du da?

(Der Scheik der Todeskarawane horcht, ohne ihn anzusehn, beim Klang dieser Stimme wieder auf. Er lauscht wie in weite Ferne und läßt seinen Blick eigenartig umherschweifen)

Schefaka *(Mut gewinnend)*

Was suchst du denn?

Scheik der Todeskarawane *(mit umherirrender, aber keineswegs unsicherer Aufmerksamkeit)*

Ich suche alles, alles!

Schefaka

So sage, was!

Scheik der Todeskarawane *(betrachtet sie von oben bis unten)*

Ich ***sah*** dich schon einmal –
und dennoch du – du bist es ***nicht*** gewesen.

Abu Kital *(befehlend)*

Von welchem Stamm bist du?

Scheik der Todeskarawane *(ohne sich nach ihm umzudrehn)*

Das weiß ich nicht.

Abu Kital *(spuckt verächtlich aus)*

Wie heißest du?

Scheik der Todeskarawane

Ich habe keinen Namen.

Abu Kital *(wieder ausspuckend)*

Der Name deines Vaters?

Scheik der Todeskarawane

Unbekannt.

Abu Kital *(spuckt zum drittenmal aus)*

O Schmach, o Schmach! O Schande über Schande!

Scheik der Todeskarawane *(zu Schefaka, indem er mit dem Kopf hinter sich nach Abu Kital winkt)*

Auch diesen sah ich schon – mit seiner Peitsche!
Was spieltest du mit ihm, grad als ich kam?

Schefaka *(mit einem Anflug von Stolz)*

Wir spielten Geist und Seele – die bin ich.

Babel *(geht nach seinem Platz, deutet auf Abu Kital)*

Und er, er ist der Geist!

Scheik der Todeskarawane *(wendet sich endlich Abu Kital zu)*

Der Geist! Der Geist!

(Indem er dies sagt, geht er einen Bogen um Abu Kital und faßt ihn scharf ins Auge. Dann lehnt er sich an einen Mauerrest und spricht weiter):

Zu Märdistan, im Walde von Kulub,
liegt einsam, tief versteckt, die ***Geister***schmiede.

Babel

Da schmieden Geister?

Scheik der Todeskarawane

Nein, man schmiedet ***sie***!
Der Sturm bringt sie geschleppt, um Mitternacht,
wenn Wetter leuchten, Tränenfluten stürzen.
Der Haß wirft sich in grimmer Lust auf sie.
Der Neid schlägt tief ins Fleisch die Krallen ein.
Die Reue schwitzt und jammert am Gebläse.
Am Amboß steht der Schmerz, mit starrem Aug
im rußigen Gesicht, die Hand am Hammer.

(zu Abu Kital)

Da – jetzt, o Scheik, ergreifen dich die Zangen.
Man stößt dich in den Brand; die Bälge knarren.
Die Lohe zuckt empor, zum Dach hinaus,
und alles, was du hast und was du bist,
der Leib, der Geist, die Seele, alle Knochen,
die Sehnen, Fibern, Fasern, Fleisch und Blut,
Gedanken und Gefühle, alles, alles
wird dir verbrannt, gepeinigt und gemartert
bis in die weiße Glut –

Abu Kital *(aufschreiend)*

Allah – Allah!

Scheik der Todeskarawane

Schrei nicht, o Scheik! Ich sage dir, schrei nicht!
Denn wer da schreit, ist dieser Qual nicht wert,

wird weggeworfen in den Brack und Plunder
und muß dann wieder eingeschmolzen werden.
Du aber willst zum Stahl, zur Klinge werden,
die in der Faust des Parakleten funkelt.

Sei also still! – – – – – – – – –
– – – – Man reißt dich aus dem Feuer –
man wirft dich auf den Amboß – hält dich fest.
Es knallt und prasselt dir aus jeder Pore.
Der Schmerz beginnt sein Werk, der Schmied, der Meister.
Er spuckt sich in die Fäuste, greift dann zu,
hebt beiderhändig hoch den Riesenhammer
und nun –

Abu Kital *(schreit auf)*

Allah – Allah!

Schefaka *(ist der Schilderung mit ungeheurer Spannung gefolgt; sie warnt Abu Kital)*

Sei still, sei still!
Willst du ins alte Eisen?

Abu Kital

Nie!

Schefaka

So schweig!

Scheik der Todeskarawane

Die Schläge fallen. Jeder ist ein Mord,
ein Mord an dir. Du meinst, zermalmt zu werden.
Die Fetzen fliegen heiß nach allen Seiten.
Dein Ich wird dünner, kleiner, immer kleiner,
und dennoch mußt du wieder in das Feuer –
und wieder – immer wieder, bis der Schmied
den Geist erkennt, der aus der Höllenqual
und aus dem Dunst von Ruß und Hammerschlag
ihm ruhig, dankbar froh entgegenlächelt.

Den schraubt er in den Stock und greift zur Feile.
Die kreischt und knirscht und frißt von dir hinweg,
was noch –

Babel *(einfallend)*

Halt ein!

Abu Kital *(aufspringend)*

Halt ein!

Schefaka *(bittend)*

Es ist genug!

Scheik der Todeskarawane

Es geht noch weiter, denn der Bohrer kommt!
Der schraubt sich tief –

Abu Kital

Sei still! Um Gottes willen!

Scheik der Todeskarawane *(geht auf Abu Kital zu, bleibt hart vor ihm stehen und fragt)*

Du bist in Märdistan gewesen?

Abu Kital *(weicht vor ihm zurück)*

Nein!

Scheik der Todeskarawane *(folgt ihm auf dem Fuß und nimmt ihn scharf ins Auge)*

Im Walde von Kulub?

Abu Kital *(tritt weiter zurück)*

Noch nie, noch nie!

Scheik der Todeskarawane *(folgt ihm wieder)*

Nicht in der Geisterschmiede?

Abu Kital *(weicht noch weiter)*

Niemals! Nein!

Scheik der Todeskarawane *(folgt ihm)*

Und nennst dich Geist? Und schämst dich, mich zu grüßen?

(hält ihm die Hand hin)

Salam?

Abu Kital *(weicht immer weiter zurück und wird immer verlegener)*

Nur Männer pflegen sich zu grüßen.
Wo hast du deine Waffen?

Scheik der Todeskarawane *(folgt ihm immer wieder, macht die ausgestreckte Hand bedeutungsvoll zur Faust und schüttelt sie)*

Hier!

(öffnet die Hand wieder und hält sie ihm hin)

Salam?

Abu Kital *(geht noch mehr zurück, und der Scheik der Todeskarawane folgt ihm. Die Blicke beider sind wie ineinandergebohrt)*

Schaff deine Augen weg! Ich mag sie nicht!

Scheik der Todeskarawane

Zum letztenmal: Salam?!

Abu Kital *(ist an eine Mauer gedrängt worden, kann also nicht weiter zurückweichen, vermag auch nicht länger dem auf ihn gerichteten, zwingenden Blick zu widerstehn. Er schlägt also ein und sagt)*

Salam!

Scheik der Todeskarawane *(zwingt den Scheik zu einem nochmaligen Druck der Hand)*

Salam!

Fünfzehnter Auftritt

Die Vorigen.

Es nähert sich eine arabische Musik von nur wenigen Instrumenten, leer und scharf klingend. Es sind die marschähnlichen Töne des Umeha. Allerlei Volk zieht vorüber, links herein, an Tor und Zelt vorbei und rechts wieder hinaus. Sodann der Kadi.

Kadi

Die Schattenspieler kommen!

(sucht sich einen Platz. Schefaka gibt ihm Tschibuk und Feuer)

Abu Kital

Platz für sie!

(knallt mit der Peitsche hinter dem Volk her, sichtlich froh über diese Beendigung der letzten, unangenehmen Szene.)

Sechzehnter Auftritt

Die Vorigen.

Man hört die Musik näher. Der alte Hakawati erscheint.

Hakawati

Ich melde dir, o Scheik, die Phantasie!

Abu Kital

Sie kommt zur rechten Zeit!

Hakawati

Ich bringe sie!

(Hakawati wieder ab.)

Siebzehnter Auftritt

Die Vorigen ohne Hakawati.

Der Scheik der Todeskarawane steht neben Schefaka, deren anfängliche Scheu vor ihm schon im Schwinden ist, weil er ihr Achtung abgenötigt hat. Die neuen Eindrücke stürmen von allen Seiten auf ihn ein, und er muß seine Selbstbeherrschung zusammennehmen, um wenigstens die äußere Ruhe zu wahren. Beim Anblick des alten Hakawati greift er sich aber doch an den Kopf, denn der hochbetagte Märchenerzähler ist eine der wichtigsten Gestalten seiner geheimnisvollen Erinnerung.

Scheik der Todeskarawane *(zu Schefaka)*

Das ist – das ist –

(als der Hakawati wieder verschwindet)

das war – der Hakawati?

Schefaka

Der Hakawati, ja. Du kennst ihn schon?

Scheik der Todeskarawane *(im Ton der Ungewißheit)*

Jawohl – nein, nein – und doch, und doch!

Schefaka

Woher?

Scheik der Todeskarawane

Aus meiner Jugendzeit.

(sich besinnend)

Er hat erzählt
von diesem alten Turm, der uns gehört,
und von dem Geist, der drin verzaubert liegt.

Schefaka

Die Lieblingssage, die er täglich bringt –

Scheik der Todeskarawane *(einfallend)*

Ja, täglich, täglich – aber

(grübelnd)

wer war ***ich***?

Schefaka *(ahnungslos)*

Er sagt es jedem –

(sich unterbrechend und auf die Schattenspieler deutend)

doch, da sind sie schon!

Achtzehnter Auftritt

Die Vorigen.

Die Musik – noch immer das Umeha – erklingt jetzt unmittelbar hinter der Szene. Der Zug marschiert nach ihrem Takt. Der Imam schreitet voran. Er gesellt sich sofort zu den Anwesenden. Hinter ihm die Musiker, dann die Schattenspieler, toll aufgeputzt, mit einigen Eseln und mit Kamelen. Sie kommen links hinten herein, legen ihre Geräte ab und gehen rechts wieder hinaus, um – wie es scheint – draußen zu lagern. Das Umeha erklingt draußen fort, aber leiser. Die Geräte bestehn aus einigen Stangen und hellen Tüchern.

Abu Kital

Wie ärmlich das! Ich dachte es mir anders!

(mit dem Fuß verächtlich an die Sachen stoßend)

Da liegt die ganze Kunst – hier an der Erde!
Wer richtet sie uns auf?

Neunzehnter Auftritt

Die Vorigen.

Dann der Hakawati und hierauf die Phantasie mit Bibel. Gegen den Schluß dieses Auftritts beginnt die Dämmerung.

Hakawati *(erscheint hinter der ersten Kulisse links, wo Abu Kital von Bent'ullah gesprochen hat; er meldet an)*

Die Phantasie!

(bleibt stehn, bis Phantasie und Bibel an ihm vorübergegangen sind)

Phantasie *(noch hinter der Szene, laut, in gebieterischem Ton)*

Es naht die Kunst. Die Posse hat zu schweigen!

(Auf diesen Befehl verstummt draußen sofort das Umeha der Schattenspieler. Die Phantasie tritt ein, da wo der Hakawati steht, also auf dem ehemaligen Gebetsweg der totgeglaubten Bent'ullah. Sie führt die tiefverschleierte Bibel an der Hand. Sobald man beide sieht, erklingen Harfen im Innern des Turms. Alle Anwesenden lauschen nach dem Gemäuer. Die Phantasie bleibt mit Bibel stehn und fragt)

Phantasie

Wer grüßt uns hier?

Hakawati *(die Hände feierlich erhebend)*

Die Harfen der Psalmisten!

Phantasie *(nach rückwärts deutend)*

Die Saitenspiele, die ich dort am Ufer
des Euphrat an den Weiden hängen sah,
als Gottes Volk um Zions Tempel weinte –
wie kommen sie hinab in diesen Turm?

Hakawati

Sie sanken mit dem Geiste in die Tiefe
und klingen nun zu dir, zu euch empor,
weil sie es ahnen, daß die Hilfe naht.

Phantasie

Die Hilfe naht?

(mit einer Neigung zu Bibel)

So schreite sie denn weiter!

(Die Phantasie bleibt, wo sie steht. Sie läßt die Hand der Bibel los. Diese geht vorwärts, nach dem Alabaster, genau so, wie der Scheik es von Bent'ullah gesagt hat, in langsamen Schritten, zu denen die Akkorde der Harfen den Takt angeben. Diese Akkorde werden immer lauter, je näher die Bibel ihrem Lieblingsplatz

kommt. Sie halten einmal plötzlich an, als die verschleierte Gestalt, einen Augenblick zaudernd, vor ihm stehn bleibt. Als sie sich aber setzt, jubeln sie auf und brechen dann ab.

Dieser von den Harfen begleitete Gang nach dem Alabaster darf keineswegs etwas Theatralisches an sich haben. Er bedeutet die Rückkehr der Bibel nach dem Morgenland und ist zu gleicher Zeit die Heimkehr der erzieherischen Weiblichkeit zum „Menschen der Gewalt", den sie zu veredeln hat. Das muß schlicht und bescheiden geschehn. Wenn die Bibel am Scheik der Todeskarawane vorübergeht, zuckt er zusammen und bleibt mit großen Augen an ihr hängen. Man sieht, daß er auch die Phantasie mit höchster Teilnahme beobachtet. Sie kommt ihm bekannt vor. Er denkt über sie nach. Die Anwesenden stehn alle wie unter dem Einfluß eines Märchens)

Abu Kital *(tief Atem holend)*

Das ist unglaublich!

Imam

Seltsam!

Babel

Wunderbar!

Abu Kital *(zur Phantasie)*

Wer bist du, Weib?

Phantasie

Ich bin die Phantasie.

Abu Kital

Das hört ich schon – ich will den rechten Namen!

Phantasie

Abu Kital.

Abu Kital

Wohl kaum! So heiße ***ich***!

Phantasie

Die Phantasie führt stets den Namen dessen,
dem sie gehorcht. Drum heiße ich wie du.

Abu Kital

So bist du ***mein***! Bist ***meine*** Phantasie?

Phantasie

Für heut will ich es sein, weil es sich fügt.

Abu Kital

So höre mich, was ich von dir verlange –!

Phantasie

Ich weiß es schon.

Abu Kital

Von wem? Vom Hakawati?

Phantasie

Von mir. Denn, bin ich ***deine*** Phantasie,
so weiß ich alles, ehe ***du*** es weißt.

(tritt zum Scheik der Todeskarawane, der noch immer neben Schefaka steht)

Ich weiß, daß du den „König“ reiten sollst.
Bist du bereit?

Scheik der Todeskarawane *(beugt unwillkürlich ein Knie)*

Wenn du befiehlst?

Phantasie

Es sei!

(wendet sich zu Abu Kital)

Scheik der Todeskarawane *(zu Schefaka, die sich von der Phantasie so ergriffen fühlt, daß sie fast kein Auge von ihr wendet)*

Ich sah sie schon, doch wo, kann ich nicht sagen!

Phantasie *(zu Abu Kital)*

Und ich, ich soll den Feind zum Zorne reizen,
indem ich ihn durch seine Schatten kränke.

Abu Kital

Ob du das schaffen wirst?

Phantasie

Erprobe es!

Abu Kital

Sei nicht zu kühn! Ich fordre viel von dir!
Du mußt die Schatten dieser meiner Feinde
so täuschend und so überzeugend treffen,
daß keiner sagen kann, er sei es nicht.
Gib eine Probe – heut – mit ***unsern*** Schatten!

(deutet auf die am Boden liegenden Geräte und dann hinaus, wo die Schattenspieler sind)

die Kunst liegt ***hier***, und draußen sind die ***Künstler***!

Phantasie *(abwehrend)*

Vor ***dieser*** Kunst bewahre mich, o Scheik!
Du sollst die ***meine*** sehen, keine ***andre***.

(nach dem Zelt deutend)

Gib mir das Zelt, so kann ich gleich beginnen!

Schefaka *(antwortet an Stelle Abu Kitals, schnell und freudig)*

Dir geb ichs gern! Komm schnell! Ich zeig es dir!

(Sie gehn miteinander zum Zelt, an Bibel vorüber, die von ihrem Platz aufsteht und sich ihnen anschließt. Sie verschwinden in der Frauenabteilung, deren Vorhang hinter ihnen niederfällt. Später treten die Phantasie und Schefaka aus der Männerabteilung heraus. Bibel bleibt in der Frauenabteilung zurück und wird erst beim Schattenspiel wiedergesehn. Die Dämmerung beginnt)

Abu Kital *(zu den andern)*

Die Phantasie stellt' ich mir anders vor!

Babel

Ich auch!

Imam

Ich auch!

Kadi

Ich auch!

Hakawati

Der Schwarze kommt!

Zwanzigster Auftritt

Die Vorigen. Der Neger.

Vorbeter

Bei Teil el Kreni, bei Imam Reschid
Und bei Delab ziehn Truppen sich zusammen.

Abu Kital *(sehr erfreut)*

Das sind die Ukala, die Hukama
und die Schuttar, schon sieben nun von acht!

Vorbeter

Wann bete ich den Sonnenuntergang?

Imam

Sofort!

Abu Kital

Doch das Umeha nur. Nichts weiter!

(Vorbeter ab.)

Einundzwanzigster Auftritt

Die Vorigen ohne den Vorbeter.

Die Dämmerung ist inzwischen eingetreten, und Schefaka hat das Feuer höher geschürt. Das ist die Zeit des Maghrib, des Gebets kurz nach Sonnenuntergang. Der Scheik der Todeskarawane hält sich abgesondert und beschäftigt sich mit der Örtlichkeit. Es scheint, als ob er auf die andern gar nicht achte. Der Hakawati sitzt still an seinem Platz. Die andern stehn im Vordergrund und beobachten, was hinten geschieht. Dort kommt die Phantasie mit Schefaka wieder aus dem Zelt, vor dessen Männerabteilung der helle Vorhang herabgelassen wird, weil auf ihm, von innen erleuchtet, sich die Schatten bilden sollen. Die Phantasie klatscht in die Hände, worauf die Schattenspieler erscheinen. Sie bleiben im Hintergrund und werden von ihr unterrichtet. Einige von ihnen tragen die Geräte fort, weil sie nicht gebraucht werden. Andre verkleiden sich. Man sieht, daß sie die Gestalten Abu Kitals, des Imam, des Kadi und auch Babels nachahmen. Inzwischen geht im Vordergrund die Unterhaltung weiter.

Abu Kital

Nun haben nur noch die Schukuk zu kommen,
dann sind wir aller unsrer Freunde sicher.
Die Todeskarawane –

Babel *(einfallend)*

Die wird wirken!

Imam

Ihr Scheik gefällt mir!

Kadi

Der hats innerlich!

Abu Kital

Und diese Phantasie –

Imam *(fällt ein)*

Die paßt!

Kadi

Die paßt!

Abu Kital

Beweise erst, Beweise!

Babel

Wird sie geben!

Abu Kital

Ich bin gespannt!

Imam

Ich auch!

Kadi

Ich auch!

Babel

Sie naht!

(Man hört die Gebetsbretter läuten. Die Phantasie kommt nach vorn. Schefaka trennt sich von ihr, um vorzubereiten)

Phantasie *(zum Scheik)*

Du wolltest eure Schatten von mir sehen,

(auf einige Spieler zurückdeutend)

sie kleiden sich jetzt an. Doch warne ich.
Ich lasse sie auch ***sprechen***. Darf ich das?

Babel

Gewiß!

Imam

Gewiß!

Kadi

Gewiß!

Abu Kital

Das wird ja lustig!
Ich sehe schon, daß du mich treffen wirst!

(Er schaut nach dem Hintergrund, wo sein Ebenbild soeben vollendet wird. Auch die Bildnisse der andern sind fertig und verschwinden in der Männerabteilung des Zelts)

Babel *(über den Darsteller seiner Rolle lachend)*

Mich auch!

Imam *(ebenso)*

Mich auch!

Kadi *(ebenso)*

Mich auch!

Abu Kital

Doch bitte ich,
daß sich zum Scherz auch etwas Ernst geselle!

Phantasie

An Ernst soll es nicht fehlen – glaube mir!

Abu Kital

Und wann beginnst du?

Phantasie

Gleich nach dem Gebet.

(kehrt zum Hintergrund zurück)

Abu Kital

So laßt uns Plätze schaffen.

Imam

Plätze!

Kadi

Plätze!

Zweiundzwanzigster Auftritt

Die Vorigen.

Es ist vollständig dunkel geworden. Die Szene wird nur vom flackernden Herdfeuer Schefakas erleuchtet. Das gibt gespenstige Bilder. Das Läuten der Gebetsbretter kommt näher. Es stellen sich Beter und Neugierige ein, die vom Scheik zum Schaffen von Sitzen angehalten werden. Ihren vereinten Kräften gelingt es auch, den schweren, sechstausend Jahre alten Thron umzudrehn, auf den sich Abu Kital zu setzen hat, das Gesicht zum Zelt gerichtet. Um diese Vorbereitungen zu beleben und anschaulicher zu machen, kommen die Nachbildungen des Scheiks, des Imams, des Kadis und Babels beliebig wieder aus dem Zelt, um irgend etwas zu besorgen oder nachzuholen. Es gerät für einige Augenblicke alles durcheinander, bis die Phantasie im Zelt verschwindet und alle Spieler ihr folgen. Nun setzt sich Abu Kital auf den Thron, wobei seine Gestalt den Zuschauern durch die Steinlehne verdeckt wird. Rechts und links von ihm und überall lassen sich die andern nieder, doch so, daß sie den Zuschauern die Schattenbilder nicht verdecken. Es wird still. Die Stimme des Vorbeters erschallt hinter der Szene. Er tritt auf und singt:

Heijh alas salâh! Heijh alal felah! Auf zum Gebet!
Auf zum Heil! Heijh alas salâh! Heijh alal felah!
Allahu akbar! Allahu akbar!

(Während er dies singt, erscheinen hinter ihm seine Gehilfen, denen der Scheik zuruft):

Stimme des Abu Kital

Nun das Umeha! Dann an eure Plätze!

(Der Vorbeter kniet nieder, hinter ihm die mit ihm Gekommenen. Hierauf beginnt das Umeha mit den bekannten Verneigungen. Nach einiger Zeit sieht man, daß die Beter sich von den Knien erheben und, ohne mit dem Umeha aufzuhören, ihre Zuschauerplätze längs der beiden Seiten aufsuchen. Schefakas Feuer verschwindet, und es wird für kurze Zeit dunkel.

Da plötzlich fällt von innen Licht auf den Vorhang der Männerabteilung des Zelts und man sieht die am Boden sitzenden Schatten des Scheiks, des Imams, des

Kadis und Babels, die auch mitbeten und sich eifrig nach dem Takt des Umeha verneigen. Hinter ihnen viele andre. Dann hört das Umeha mit einem Schlag auf. Es ist alles still. Die Schatten verneigen sich nicht mehr. Sie sitzen bewegungslos und lauschen nach der dunklen Frauenabteilung hin, aus der es leise, wie von Ketten, klirrt. Das Klirren wird lauter. Die gefesselte Bibel, verschleiert, tritt hinter dem dunklen Vorhang hervor, tut einige Schritte seitwärts bis zur Mitte des erleuchteten Vorhangs, wobei ihr die Aufmerksamkeitsbewegungen der hinter diesem Vorhang befindlichen Schattenspieler folgen müssen, und spricht):

Laßt uns die heilge Fat'ha beten!

(Da erklingen die Harfen im Innern des Turms. Bibel hebt die Hände und betet):

„Im Namen des allbarmherzigen Gottes! Lob und Preis
sei Gott, dem Weltenherrn, dem Allerbarmer, der da
herrschet am Tag des Gerichts! Dir wollen wir dienen,
und zu dir wollen wir flehn, auf daß du uns führest den
rechten Weg, den Weg derer, die deiner Gnade sich
freuen und nicht –"

(Sie kommt nicht weiter, denn der Schatten des Scheiks springt hinter ihr von seinem Sitz auf, knallt zornig mit der Peitsche und schreit, während die Harfenklänge sofort verstummen und Bibel wieder im Dunkel der rechten Zelthälfte verschwindet):

Schatten des Abu Kital

Was fällt dir ein, du Wurm, du Laus, du Wanze!
Wasch dir den Mund mit Seife von Ischnan
und wage niemals, so mit Gott zu sprechen,
als ob er Mitglied deiner Vetternschaft,
wohl gar der Onkel deiner Tante sei.
Du hast nach ***meiner Vorschrift*** nur zu beten,
kein Wort zu viel und keines davon weg;
Allah, ist Herr, und was ich will, geschieht!
Ich will noch einmal das Umeha hören!

(Das Umeha beginnt zum zweitenmal, und der Schatten des Scheiks schlägt mit der Peitsche genau so den Takt dazu, wie er es beim Nachmittagsgebet getan hat. Dann gibt er das Zeichen, aufzuhören und spricht):

Das mag genügen! Merkt euch diese Lehre,
und betet nach der altbewährten Weise!
Das schnappt und klappt! Das bleib auch fest gefügt!
Das bricht sich Bahn! Wer kann da widerstehen?
Ein solch Gebet steigt wie in Wehr und Waffen
zum Himmel auf und muß selbst Gott besiegen!
Das ist das alte, heilige Umeha;
die ganze Erde wird ihm angehören!

Alle Schatten *(springen auf, tanzen wie toll umher und rufen)*

Das ist das alte, heilige Umeha;
Die ganze Erde wird ihm angehören!

(Sie umringen den Scheik und Babel und führen beide im Triumph davon. Nur zwei bleiben: die Schatten des Imam und des Kadi. Sie machen hinter den sich Entfernenden her Gebärden):

Schatten des Imam

Triumph, Triumph!

Schatten des Kadi

Für ***uns***!

Schatten des Imam

Wie er gehorcht!

Schatten des Kadi

So ahnungslos, daß er geleitet wird.

Schatten des Imam

Ein Meisterplan von dir!

Schatten des Kadi

Von dir!

Schatten des Imam und des Kadi *(zugleich)*

Von beiden!

Schatten des Kadi

Wir lenkten ***damals*** schon –

Schatten des Imam

bei Bent'ullah!

Schatten des Kadi

Und er gehorchte –

Schatten des Imam

ganz genau wie heut!

Schatten des Kadi

Ein Sieg des Rechts –

Schatten des Imam

ein Sieg des heilgen Glaubens,
daß er die Christin endlich gehen ließ
und jenes Schriftstück dann für richtig hielt,
mit dem wir ihren Tod bestätigten.
Wie nun, wenn sie jetzt plötzlich hier erschiene?

Schatten des Kadi *(erschrocken)*

Um Gottes willen, still! Der Scheik vernimmts!

(er deutet nach außen, wo Abu Kital sich hoch und starr von seinem Thron aufrichtet, zum Sprung bereit)

Schatten des Imam *(sich ängstlich umsehend)*

Der Scheik?

Schatten des Kadi *(bestätigend)*

Der Scheik!

Der wirkliche Abu Kital *(vor Aufregung fast brüllend)*

Jawohl, der Scheik, der Scheik!

(will sich auf das Zelt stürzen, bleibt aber schon nach dem ersten Schritt stehn, wirft die Arme in die Luft und schreit):

Betrogen wurde ich! – Sie lebt! Sie lebt!
Ihr Fälscher! Ihr Halunken! Gebt sie her!

(springt zum Zelt, reißt den Vorhang auf und dringt hinein. In diesem Augenblick verlischt das Licht. Es herrscht Finsternis. Man hat nur noch sehn können, daß der scheinbar wirkliche Imam und der scheinbar wirkliche Kadi, die neben ihm gesessen haben, schnell
über die Szene huschen, um sich in Sicherheit zu bringen. Es entsteht große Verwirrung. Schefaka eilt zum Feuer und schürt es, daß die Flammen leuchten. Bei ihrem Schein sieht man, daß Abu Kital die Schatten des Imam und des Kadi aus dem Zelt gezerrt bringt. Er ruft dabei):

Heraus mit dem Geständnis! Schnell heraus!
Wo habt ihr sie?

Babel *(herbeitretend)*

Das sind doch nur die Schatten!

Abu Kital *(außer sich, muß sich besinnen)*

Die Schatten?

(läßt sie los, worauf sie rasch verschwinden)

Babel

Ja.

Abu Kital

Wo sind die Wirklichen?

Babel

Soeben fort!

Abu Kital

Ich muß sie haben! Schnell!

(Alles eilt von dannen. Auch Abu Kital, aber er bleibt unter der Wucht des Ereignisses nachmals stehn und ruft):

Sie lebt! Sie lebt! So lebt doch auch der Sohn!
Ich muß sie haben – muß sie beide haben!

(Er will fort, da kommt der Neger.)

Dreiundzwanzigster Auftritt

Abu Kital. Der Schwarze. Alle andern sind fort, um den Imam und den Kadi zu suchen.

Der Vorbeter

Es lassen drunten bei Imam Ssinat
sich große, starke Reiterhorden sehen.

Abu Kital *(prallt zurück, wie vor etwas ganz Fremdem, besinnt sich aber rasch)*

Die Krieger der Schukuk!

Vorbeter *(mit Betonung)*

Die uns noch fehlten!

Abu Kital *(tief Atem holend)*

Allah sei Dank, die Freunde kommen alle!
Wie wird das Herz mir leicht! Der Sieg ist unser!
Der Sieg, der Sieg für meine An'allah,
für mich, Abu Kital, des Kampfes Vater,
für den Islam und für –

(stockt, besinnt sich auf das Vorhergehende)

und Bent'ullah?

(vergißt die Anwesenheit des Negers, wird von seiner Erregung hin und her gerissen)

Und Bent'ullah –! Die von dem Tod Erwachte –!
Die Mutter meines Sohnes –!

(erschrickt)

meines – Erben!

Der mir als Scheik wird folgen – – – – – –
– – – – – – – – – – – Bent'ullah!

Du glaubst an Einen, der dir höher steht,
als der Islam und alle Paradiese.

(zweifelnd)

Bei dir find ich das Glück, das Himmelreich,
und hier den Ruhm, die Herrlichkeit der Erde.

(ratlos)

Was soll ich tun? Was soll ich wählen? Sag!
Ich frage mich und frage dich, Allah!
Doch du bleibst stumm – so will ich beten, beten!

(faltet die Hände, verzweifelt)

„Im Namen des allbarmherzigen Gottes! Lob und
Preis sei Gott, dem Weltenherrn, dem Allerbarmer,
der da herrschet am Tag des Gerichts! Dir wollen
wir dienen, und zu dir wollen wir flehn, auf daß du
uns führest den rechten Weg, den Weg derer, die
deiner Gnade sich freuen und nicht den Weg derer,
denen du zürnest und nicht den Weg der Irrenden!“

(dreht sich um, da steht der Vorbeter noch vor ihm; zurückweichend)

Was willst du noch? Was hast du noch zu sagen?

Vorbeter *(hebt warnend den Arm, genau so, wie am Schluß des Nachmittagsgebets, als Abu Kital ihn fortwies)*

Daß es – mir dir – zum raschen Ende geht!

Abu Kital *(verständnislos)*

Wie meinst du das?

Vorbeter

Erinnre dich, o Scheik!
Soeben hast du sie gebetet!

Abu Kital

Was?

Vorbeter

Die heilge Fat'ha!

Abu Kital *(zusammenfahrend)*

Hab ich – –

Vorbeter *(die Hand wie zum Schwur erhebend)*

Bei Allah!

(Vorhang)

Zweiter Akt

Gesamtbild

Alle Veränderungen, die die Szene während des ersten Aktes erlitten hat, sind aufgehoben worden. Auch der Thron steht wieder so, wie er ursprünglich stand. Die Schattenspieler erscheinen nicht wieder.

Schefaka ist auch in diesem Akt unablässig als Wirtin tätig. Das gehört zu ihrer Rolle als „Seele". Und jeder bemüht sich, ihr zu zeigen, wie gern er sie hat. Alles, was sie tut und spricht, ist innerlich begründet, wie z. B. nur sie allein es sein darf, die den Befehl, das Innere des Turms zu erleuchten, zur Ausführung bringt.

Der Klang der „Hämmer" muß sehr ernst genommen werden. „Kulub" ist die Mehrzahl des arabischen Wortes für „Herz". Die Herzensqualen, die der nach oben strebende, von seinen Widersachern gemarterte Mensch, in der Schmiede von Kulub ausstehn muß, sind durch diese Hammerschläge anzudeuten, die immer erdröhnen, sobald der Scheik von der Enttäuschung und vom Schmerz ergriffen wird. Diese Wirkung kann nicht durch irgendeine Schallspielerei hervorgebracht werden, sondern nur durch wirkliche Hämmer, die in Moll zusammenklingen und von so verschiedener Größe sein müssen, daß die folgende Klangfigur erreicht wird:

Schließlich noch die Bemerkung, daß, um der Spielleitung die größtmögliche Freiheit zu lassen, über „An" und „Ab" der handelnden Personen keine Vorschriften gemacht werden. Man hat sich den Beratungsplatz der An'allah nach rechts und links so offen zu denken, daß Auftritte und Abgänge ungezwungen erfolgen können und nicht durch irgendwelche Kulissen bestimmt werden.

Erster Auftritt

Die gleiche Szene wie im ersten Akt.

Es ist gegen Mitternacht. Kein Mond und auch nur wenige Sterne am Himmel. Flackerndes Herdfeuer, also unruhiges, ungewisses Licht. Die Vorhänge des Zelts sind geschlossen. Man hört, noch ehe der Vorhang sich hebt, vom entfernten Duar Lager, Zeltdorf *her schrille, arabische Musik, in die von Zeit zu Zeit auch Menschenstimmen mit den bekannten Ausrufen klingen. Wie es scheint, werden dort Reden gehalten, denen man Beifall spendet. Während der Pausen steigen aus dem Innern des Turms Harfentöne empor. Es ist, als ob die Harfen gegen den häßlichen Lärm im Duar aufkommen möchten, aber doch nicht könnten.*

Bibel steht im Hintergrund links, mit unverhülltem Gesicht. Sie hat den Schleier zurückgeworfen und schaut erwartungsvoll zum Lager hinüber. Die Phantasie lehnt in der Mitte der rechten Seite an einem Mauerrest. Sie lauscht mehr nach den Harfen als nach dem Getöse im Duar. Das Getöse und der Harfenklang wechseln dem Inhalt des Gesprächs entsprechend ab. Bei hohem Inhalt klingen die Harfen; bei den andern Zeilen darf der Lärm zu hören sein. Das eine wie das andre aber endet, sobald Schefaka erscheint.

Bibel *(besorgt)*

Wie wird es sich entscheiden?!

Phantasie

Menschentümlich.

Bibel *(schnell)*

Du meinst: nicht gut?

Phantasie

Ich meine: immer gut.
In unsre Fehler tritt der Fuß des Herrn,
und Segen träufelt, wo wir es nicht ahnen.

(überlauter Lärm im Lager)

Bibel

Hast du gehört? Das ist ein Wendepunkt!
Wie bang mir ist!

Phantasie

Um beide?

Bibel

Ja, um beide!

(mit zusammengelegten und erhobenen Händen einige Schritte die Phantasie zugehend)

Nicht etwa, daß ich zweifle; nein, o nein!
Denn was die andern nur im ***Wort*** erfassen,
das habe ich in ***Wirklichkeit*** erfaßt,
und Gottes Wege sind mir wohlbekannt;
jedoch die Schläge deines Riesenhammers,
die möchte ich dem Vater gern ersparen,
weil sie ja schon den Sohn getroffen haben –

Phantasie *(einfallend)*

Ersparen willst du? Meine Schülerin?
Was wurde ***dir*** erspart? Als Weib? Als Mutter?

(sehr ernst, unter leisen, getragenen Harfenklängen)

Wenn meine Zeit hier abgelaufen ist
und ich zurück zum Herrn der Welten kehre,
sollst ***du*** die Seele aller Menschen werden,
an meiner Statt, doch herrlicher als ich.
Wie ich dir jetzt das Leid der Erde bin,
so darf ich dann die Seligkeit dir sein,
die unserm harten, trotzigen Geschlecht
nur durch das Kreuz gegeben werden kann.
Du hattest ***schwer*** an diesem Kreuz zu tragen.
Nicht ***einen*** Schmerz, den ich dir sparen konnte,

nicht ***eine*** Qual, von der ich dich erlöste,
und selbst noch heut, an deinem größten Tage,
der dir verlorne Welten wiedergibt,
bist du gezwungen, dich zu überwinden
und dich zu beugen, wo du siegen sollst.
Und du, der nichts und nichts erlassen wurde,
die alles trug, was Menschen tragen können,
du willst ersparen, willst verzeihen! – Wem?
Warum grad diesem?

Bibel

Weil – ich ***kann*** nicht anders!

(fährt demütig fort)

Wenn unser Herr mir einst befehlen sollte,
an deiner Stelle hier zurückzubleiben,
so würde ich nur dann gehorchen können,
wenn ich vergeben und vergessen dürfte,
wo du, die Strenge, nur der Strafe dienst.
Gibt es denn keinen ***andern*** Weg empor
als nur das Elend und die Schmach der Erde?
Ich will die Seele nicht des Tigers sein
und nicht des Löwen, sei er noch so edel
Nur Menschen, Menschen kann ich aufwärts führen,
Barbaren und Heloten aber nicht;
zwar Menschen, die im Schmerz geläutert sind,
gehämmert, wie in einer Geisterschmiede,
doch nicht gemartert und gequält – wie heut!

Phantasie *(tief bewegt, beschattet die Augen mit der Hand, als ob sie in die Ferne schaue)*

Ich sehe es, ich seh: es kommt – es kommt,
das hohe, edle, wahre Menschentum.
Es ist schon unterwegs. Die Sterne leuchten,
und tausend Sonnen rüsten sich zum Tage.
Wenn es erscheint, dann scheide ich von hinnen

(die Hände auf das gesenkte Haupt von Bibel legend)

und segne ***dich***, die Gottesgnade, ein.
Wie war es doch? Wie sagte ich zu dir?
Du sollst die Seele aller Menschen werden,
an meiner Statt, doch herrlicher als ich.
Noch herrlicher! Allein durch diese Gnade!

(zieht Bibel an sich)

Wohlan, ich nehme dich in meine Arme
und klage mich vor dir der Härte an –

Bibel *(einfallend)*

Sie lag in Raum und Zeit, doch nicht in dir!

Phantasie

So wird der Gütige sie mir verzeihen –

(Im Lager drüben krachen Freudenschüsse)

Bibel

Man schießt bereits.

Phantasie

Und schon ist's auch vorüber.

Bibel

Doch horch! Es kommt –

(beide lauschen)

Phantasie

– die „Seele".

Bibel

Schefaka!

Zweiter Auftritt

Die Phantasie. Bibel.

Schefaka kommt in Eile und Aufregung.

Schefaka

Ich bringe Botschaft – gänzlich außer Atem
Ich muß mich setzen –

(geht zum Thron und läßt sich auf ihm nieder)

So, da sitze ich!

Kommt her!

(winkt sie von rechts und links zu sich her)

Doch nein! Es zerrt mich wieder auf!

(verläßt ihren Sitz und geht mit lebhaften Gebärden hin und her)

Wenn ich bewegt bin, muß ich mich bewegen!

(spricht in kurzen Absätzen, mit Zwischenpausen, während die Phantasie stehnbleibt, Bibel aber nach dem Alabaster geht, um sich niederzusetzen)

Sie ist noch gar nicht tot – sie lebt vielleicht –
Sie lebt sogar wahrscheinlich – ganz gewiß!
Doch darf sie niemals, niemals wiederkehren –
auch wenn sie wollte – ihres Glaubens wegen:
Das ist beschlossen worden – abgemacht!

Phantasie

Du sprichst von Bent'ullah?

Schefaka

Von Bent'ullah.
Von der Verstoßenen – ich liebe sie –
zwar heimlich – aber doch!

Bibel *(in deren Nähe Schefaka grad kommt, sie liebkosend)*

Du bist die Seele!

Schefaka *(zornig)*

Mir alles gleich – nur keine An'allah!

(gedämpften Tons, heimlich)

Dem Kadi soll es schlimm ergangen sein,
auch dem Imam – vom Scheik – Ich hab's erhorcht!
Doch öffentlich sind sie die besten Freunde –
und alles bleibt beim alten – auch das Schach.

(wieder laut)

Das wird ein stolzes, hoheitsvolles Spiel.
Soll ich euch sagen, wie und wo?

Phantasie

Wir hören!

Schefaka *(stellt sich wichtig hin und zeichnet mit weit ausgestreckten Armen zu dem, was sie sagt, die Linien)*

Da draußen in dem Sande von Achkam
sind vierundsechzig Felder abgeteilt,
auf denen

(erst nach links und dann nach rechts)

hier – und ***hier*** – Figuren stehen.
Und vor den Feldern, also – ***hier*** und – ***hier***,
sind köstliche Altane hochgebaut,
mit bunten Teppichen aus Farahan,
wo

(zeigt wieder nach links und nach rechts)

da der Scheik und – ***da*** die Hexe sitzt,
um ihre Züge weithin zu verkünden.

(Im Hintergrund erscheint der Scheik der Todeskarawane. Die Phantasie setzt sich auf den Thron. Bibel, die auf dem Alabaster sitzt, zieht sofort den Schieler über ihr Gesicht. Schefaka aber fährt, ohne den Ankömmling zu bemerken, in ihrer Beschreibung fort)

Die Kampf-Figuren sitzen hoch zu Pferde,
und jeder Zug erfordert Reiterkünste,
bei denen wir den Feind beschämen würden,
wenn nicht der Scheik der Todeskarawane

das Schach zu reiten übernommen hätte.
Ich habe mich zunächst vor ihm gefürchtet;
doch bald ward dieses Bangen abgeschwächt,
und jetzt kann ich schon leidlich mit ihm reden.
Doch für die Rolle, die er spielen soll,
ist er gewiß und sicher nicht befähigt;
das sieht man ihm ja schon von weitem an!

Dritter Auftritt

Die Vorigen.

Der Scheik der Todeskarawane, der sich leise und langsam genähert hat und nun hinter ihr steht.

Scheik der Todeskarawane *(heiter)*

Das Schreckenskind! – Sieht es von weitem schon!

Schefaka *(fährt zusammen, sieht sich um, weicht zurück)*

Allah, Allah! Die Todeskarawane!
Ich bin belauscht! Ich muß mich wieder setzen!

(flüchtet sich zum Sitz ihres Vaters, auf den sie halb sich fallen läßt und halb wirklich fällt, weil er so niedrig ist. Hierüber erschrocken, schreit sie auf)

Oh, das ist tief!

Scheik der Todeskarawane

Wie es der Seele ziemt!

Schefaka *(will ihn widerlegen)*

Sie ist doch Königin!

Scheik der Todeskarawane

O nein!

Schefaka

Was sonst?

Scheik der Todeskarawane

Sie ist die niedrigste der Dienerinnen,
die niedrigste, die ich mir denken kann,
doch an der Seite dessen, der sie führt,
steigt sie empor zum allerhöchsten Throne.

Schefaka

Und der sie führt?

Scheik der Todeskarawane

Das ist der Geist.

Schefaka *(schnell)*

Der Scheik!

Scheik der Todeskarawane *(ohne diese ihre Meinung zu beachten)*

Doch dient auch ***er***.

Schefaka

Ich denke, er beherrscht?

Scheik der Todeskarawane

Nur sich allein, als höchster aller Fürsten.
Hingegen, wenn er in die Tiefe steigt,
um die verlorne Seele heimzuführen,
dann wird er Knecht, der niedrigste der Knechte;
und wenn ihn nicht die Gnade Gottes hält,
ist er verloren – unten – wie die ***Seele***!

Schefaka *(springt auf, ist ernst geworden)*

„Und wenn ihn nicht – die Gnade Gottes hält,
ist er verloren – unten – wie die Seele!"
Wie klingt mir das? Mir graust vor diesen Worten
Wozu dann dieser kalte, schwere Schmuck?
Wenn ich nur dienen soll, so ist er Lüge!

Scheik der Todeskarawane

So wirf ihn ab, und mach dich frei von ihm!

Schefaka *(langsamen Schritts rückwärts gehend, sieht ihn mit großes Augen an)*

Ich leg ihn ab – ich leg ihn ***wirklich*** ab –
Ich traue dir!

Phantasie

Das sollst du auch, mein Kind!

Bibel *(steht von ihrem Sitz auf, zu Schefaka)*

Gib her den Schmuck, das Kleid, die ganze Lüge!
Komm in den Turm, damit ich dich befreie
und deine Last auf ***meine*** Schultern nehme,
für kurze Zeit –

(zur Phantasie)

wenn ***du*** erlaubst!

Phantasie

Du darfst!

(Bibel nimmt Schefaka bei der Hand und verschwindet mit ihr in der Frauenabteilung des Zelts).

Vierter Auftritt

Die Phantasie. Der Scheik der Todeskarawane.

Scheik der Todeskarawane

Wir sind allein. Du bist – – –?

Phantasie *(lächelnd)*

Die Phantasie.

Scheik der Todeskarawane *(nickt beistimmend)*

„Die im Gefilde von Sitara wohnt,
dem hochgelegnen Tal der Sternenblumen."
Jawohl, jawohl; das wußte ich bereits.
Jedoch da oben liegt auch Märdistan
und auch Kulub, mit seiner Geisterschmiede.

Da lag ich einst, gefesselt und geknebelt,
im Feuer – in der Glut – um Stahl zu werden –
und alle Hämmer schlugen auf mich ein –
doch war ich still – ich trug die Qual und schwieg –
und als die Lohe meine Seele faßte,
da schrie ich auf, doch nur in meinem Innern,
zu Gott dem Herrn, daß er mir helfen möge.
Da schwanden mir die Sinne, und ich sah
vor mir ein gütig-mildes Angesicht
und hörte eine Stimme, die mich bat,
nur stark zu sein und mutig auszuharren,
Dann werde die Erlösung sich vollenden.
Und heut erkenne ich dein Angesicht
und deine Stimme. ***Du*** bist es gewesen!

Phantasie *(mit dem Finger auf ihn deutend)*

Als ***deine*** Phantasie. Du hast gehört:
Ich heiße stets wie der, dem ich mich füge.

Scheik der Todeskarawane

Als ***meine*** Phantasie! O wärst du es!
Ich würde dich aus tiefstem Herzen bitten:
Führ mich zurück in mein vergangnes Leben,
um dann hinab

(auf den Turm zeigend)

in diesen Turm zu steigen
und mir zu offenbaren, wer ich bin!

Phantasie

Ich will es tun, doch nur, so weit ich darf.
Wer in Kulub zum Geist geschmiedet wurde,
der braucht nur Fingerzeige, weiter nichts.

Scheik der Todeskarawane

So will ich kurz und auch nur wenig fragen.
Stamm ich von ***hier***?

Phantasie

Du bist der Sohn des Scheiks.

Scheik der Todeskarawane

Und der Beweis?

Phantasie

Den wirst du ***selber*** finden.

Scheik der Todeskarawane

Und weiter: meine Mutter?

Phantasie

Ist dir ***nahe***.

Scheik der Todeskarawane *(freudig)*

Ich danke dir, ich danke dir! – Mir ***nahe***!
Sie lebt! Sie lebt! Schon das ist mir genug!

(wieder gefaßt)

Und drittens: gibt es unten in dem Turme
wohl einen Saal mit einem Drachenbild,
vom Boden bis hinauf zur Decke reichend,
den aufgesperrten Rachen voller Zähne?

Phantasie

Das ist Kital, das Götzenbild des Kampfes,
in tiefem Blute stehend dargestellt,
und –

Scheik der Todeskarawane

– also doch! Wie leicht wird mir, wie leicht!
Ich kam so völlig ahnungslos hierher,
daß alles, was ich sah, mich nur verwirrte;
nun aber wird mir plötzlich alles klar,
und unser Schach wird noch ganz anders enden,
als ich erwartete – und wohl auch du!

Phantasie *(gütig)*

Und wohl auch ich?

Scheik der Todeskarawane

Du sahst mich in Kulub,
so kennst du mich, so weißt du, wer ich bin!
Ich reite Schach, zwar für die An'allah –

Phantasie *(einfallend)*

Doch eigentlich für Marah Durimeh!

Scheik der Todeskarawane

Ganz so, wie du!

Phantasie

O nein, doch etwas anders!

Scheik der Todeskarawane

Ja, anders: geistig, nicht im Sande draußen,
und auch nicht morgen oder übermorgen,
schon heut, schon hier, so meisterhaft, so zwingend,
daß ich, bevor das Schattenspiel begann,
schon wußte, wer dich leitet –

Phantasie *(scherzend)*

Eure „Hexe"!

Fünfter Auftritt

Die Vorigen.

Schefaka kommt zurück, wieder wie gewöhnlich gekleidet.

Schefaka

Ich komme ganz allein. Sie bleibt noch unten.

(zum Scheik der Todeskarawane)

Sie ist mein Gast. Sie wohnt in meinem Zelt.
Ich lud sie ein, weil ich sie liebe,

(sich an die Phantasie schmiegend)

beide!

Phantasie

Sie legt den Schmuck sich an?

Schefaka

Ja; denke dir!
Ich wollte helfen, doch sie litt es nicht.
Sie schickte mich herauf; ich sei hier nötig.

(macht sich an das Ordnen der Kissen, der Pfeifen, des Geschirrs usw. zum Empfang der erwarteten Verbündeten.)

Sechster Auftritt

Die Vorigen. Der Hakawati.

Hakawati

Ich sah in meiner Einsamkeit die Feuer,
die in der Ferne, rund im Kreise, glühen
und uns die Nähe der Entscheidung künden.
Da wollte ich bei Menschen sein.

Scheik der Todeskarawane *(reicht ihm den Arm, um ihn an seinen Platz zu führen)*

So komm!

(läßt ihn niedersitzen und bereitet ihm sorgsam den Tschibuk. Man hört Stimmen, die sich nähern)

Schefaka *(hinausschauend)*

Das ist des Vaters Stimme – und der Scheik.

Siebenter Auftritt

Die Vorigen. Abu Kital. Babel.

Abu Kital *(sehr angeregt, die Peitsche in der Hand)*

Ein Bote ist aus Umm Welad erschienen,
zu sagen, daß die acht Erwarteten
bei Tagesende abgeritten seien.

Babel

Sie können also jeden Augenblick
im Lager drüben zu empfangen sein.
Man bringt sie uns herüber.

(setzt sich an seinen Platz und beschäftigt sich mit seinen Büchern und Figuren)

Schefaka

Maschallah,
Da muß ich eilen!

(gibt dem Scheik der Todeskarawane einen Krug in die Hand)

Hole Wasser! Schnell!

(er gehorcht, aber ruhig und lächelnd)

Abu Kital *(zur Phantasie, die auf dem Thron saß, nun aber aufgestanden ist)*

Ich suchte dich und finde dich erst hier.
Du hast die Schattenspieler unterwiesen,
mich über Bent'ullah zu unterrichten,
und wußtest also, was geschehen war.
Wie kamst du zu der Wissenschaft?

Phantasie

Sehr leicht.
Ich habe sie aus allerbester Quelle,
das heißt von beiden: Kadi und Imam.

Abu Kital

Sie leugnen es.

Phantasie

Sie sprachen miteinander.
Ich hörte es, nur sahen sie mich nicht.

Abu Kital

Die Folgen konntest du wohl nicht berechnen,
doch sind sie glücklich abgewendet worden,
und deshalb bin ich sehr mit dir zufrieden.
Du hast es außerordentlich verstanden,
ganz ohne Vorbereitung mich zu fassen,
mich aufzuwühlen und mir einzuflüstern,
grad das zu tun, was ich verwerfen muß.
Wird dir das bei den Feinden auch gelingen?

Phantasie

Noch besser als bei dir!

Abu Kital *(ihr die Hand hinhaltend, in die sie einschlägt)*

So nimm die Hand!
Ich bitte dich, mir Helferin zu sein.
Du wirst der alten Hexe zugesellt,
um alles zu erfahren, was sie spricht.
Das liefert Stoff zu einem Schattenspiel,
worin du dann –

Phantasie *(einfallend)*

Den habe ich bereits!

Abu Kital *(wägend)*

Ist er auch gut? Für meinen Zweck geeignet?
Er muß die Feinde dergestalt erregen,
daß sie die Pflicht der Gastlichkeit verletzen,
sich mit den Waffen gegen uns empören
und dann von uns –

(hält inne und fährt dann vorsichtiger fort)

Du weißt schon, was ich will!

Phantasie

Sei ohne Sorge, ohne alle Sorge!
Du wirst das Spiel noch eher kennenlernen,
als sich die Gäste heut zur Ruhe legen,
und sicher einverstanden mit ihm sein.

Abu Kital *(anerkennend, zu Babel)*

Ein Teufelsweib, die Phantasie!

Babel *(auf sie deutend)*

Ja, ***diese***!

Abu Kital *(zur Phantasie, eifrig)*

Wie wäre es, wenn du im Schattenspiel
die Bibel bringen könntest – in Gestalt –
in weiblicher – die Feinde zu empören?
Nichts besser wohl als das! Von ***mir*** erdacht!
Ich hab doch ***Geist***!

Phantasie *(schlicht)*

Die Bibel ist schon da.

Abu Kital *(erstaunt)*

Schon da? Schon da?

Phantasie

Hast du sie nicht gesehen?

Abu Kital

Gesehen?

Phantasie

Nicht gehört?

Abu Kital

Sogar gehört?

Phantasie

Sie durfte euch die heilge Fat'ha beten,
weil diese ganz im Sinn der Bibel ist.

Abu Kital

Das war die ***Bibel***?!

(Rundum)

Hört ihr es, die ***Bibel***,
die das Umeha mir verleidet hat,
das Schnarren und das Knarren im Gebet!
Von heut an will ich es nicht wieder hören.

(zur Phantasie)

Doch aber hoffe und erwarte ich,
du meinst die Bibel ***alten*** Testamentes;
das ***neue*** untersagt uns der Koran. –
Und dann noch eins, von großer Wichtigkeit:
Versuche, bei der Hexe zu erlauschen,
in welcherlei Verkleidung oder Maske
der Geist des Abendlandes sich versteckt!

(drohend, mit entsprechender Gebärde)

Ich ziehe ihn hervor! An beiden Ohren!
Damit er ihre Züge nicht verändert
und mich mit fremden Finten überrascht.

(erklärend)

Sie läßt den Gegner Zug um Zug gewinnen,
bis fast zuletzt; dann aber greift sie ein,
läßt Schlag auf Schlag und Stoß auf Stoß erfolgen
und wirft ihn endlich matt zu Boden nieder.
Das ist ihr Kniff, an dem man sie erkennt.
Doch gegen ***mich*** wird er vergebens sein.
Ich habe schon gezogen, wie ihr wißt,
ich bin doch ***Geist***, sie aber höchstens – ***Seele***.

Hakawati *(die eigenen Worte Abu Kitals bringend)*

Das alte Märchen! Immer nur dies Märchen!

Schefaka *(zum Hakawati)*

So laß ihn doch!

Hakawati

Er hat kein Recht dazu!

Babel (sehr bestimmt)

Er ***hat*** das Recht. Ich ***weiß*** es. Ich bin ***Babel***!

Phantasie *(warnend)*

Der seinen Geist wie Salmanassar kleidet
und seine Seele wie Schamuramat.
Ich warne euch!

(auf Schefaka deutend)

Seht euch die Seele an!
Sie hat den Tand freiwillig abgelegt.

(zu Abu Kital)

Ich rate dir, das gleiche auch zu tun!

Abu Kital *(hochfahrend)*

Du meinst den Mantel von Elissa?

Phantasie *(langsam nach dem Zelt gehend)*

Ja.

Abu Kital

Den goldnen Reif von Eridu?

Phantasie

Auch den.

Abu Kital

Die Schlangenhaut –

Phantasie *(einfallend)*

Sogar die Suri-Klinge.

Abu Kital *(erstaunt)*

Sie weiß wahrhaftig alles, alles, alles!

Phantasie

Und nicht nur das! Drum warne ich, o Scheik;
denn wenn die Hexe des Schatrandsch erscheint,
so wird sie dir den König bald entblößen.
Das ist der Kniff, von dem du eben sprachst,
mit andern Worten zwar, jedoch der gleiche.
Drum halte fest den täuschenden Ornat –
denn wenn er fällt, muß sich die Wahrheit zeigen!

(verschwindet in der Frauenabteilung des Zelts.)

Achter Auftritt

Die Vorigen, ohne die Phantasie. Der Neger kommt.

Vorbeter

Die acht Verbündeten sind angekommen.
Soll ich sie bringen?

Abu Kital

Ja. Im Festeszug!

(Vorbeter ab.)

Neunter Auftritt

Die Vorigen, ohne den Vorbeter.

Babel *(froh)*

Allah sei Dank! Sie kommen!

Schefaka

Alle acht!

Babel

Nun wird das Herz mir leicht!

Abu Kital

Es war dir schwer?

Babel

Das deine dir wohl nicht? – Du wirst's nicht leugnen!

Abu Kital

So ist die Freude um so größer nun,
daß ich nicht falsch, nicht fehl gerechnet habe.
Die Phantasie mag bangen um den Geist,
ich aber, ich, ich kenne mich genau
und lasse mir den König nicht entblößen.

(zum Scheik der Todeskarawane)

Und der bist ***du***! Das weißt du wohl?

Scheik der Todeskarawane

Genau!

(Im Lager drüben wird es laut. Man hört Musik, einen arabischen Marsch)

Abu Kital

Ich prüfe dich zuvor!

Scheik der Todeskarawane

Ich bin bereit.

Abu Kital

Und deine Leute auch? Doch ist es leicht,
durch Ungeschick und Lumpigkeit zu wirken.

(der Zug nähert sich)

Babel *(aufspringend, zu Schefaka, die zur Kulisse hinausschaut)*

Sie kommen?

Schefaka

Ja, sie kommen.

Abu Kital *(treibt allerlei Volk, das dem Zug vorausgeeilt ist und sich herbeidrängen will, mit der Peitsche hinaus)*

Platz für sie!

Zehnter Auftritt

Die Vorigen. Der Zug der Gäste.

Voran vier Fackelträger, die ihre Fackeln an Ort und Stelle bringen und sich dann entfernen. Nach ihnen der schwarze Vorbeter als Zeremonienmeister. Hinter ihm die Musik. Hierauf die Scheike der acht Stämme, auf deren Beistand Abu Kital rechnet. Diesem folgen die Ältesten der An'allah mit all den Personen, die bei der Nachmittagsberatung das Bild belebten.

Der Scheik steht in stolzer Haltung am Thron, die Peitsche in der Hand. Die acht Anführer bleiben im Hintergrund. Der Schwarze schreitet würdevoll bis dorthin, wo ihre Kissen liegen, um dann jedem einzelnen von ihnen seinen Platz anzuweisen. Ist dies geschehn, so entfernt er sich, um später zum Gebet wiederzukommen. Die Ältesten suchen zwar sofort ihre Plätze auf, setzen steh aber nicht eher, als bis die acht Scheike sich niedergelassen. Die Musik macht mit den übrigen die Runde und stellt sich wie am Nachmittag auf. Dann gibt Abu Kital das Zeichen zum Zuhören.

Abu Kital

Ich bin Abu Kital, des Kampfes Vater,
der Scheik der Beduinen An'allah,
und heiße euch willkommen.

(winkt nach den Sitzen)

Nehmet Platz!

Erster Scheik *(vortretend)*

Ich bin der Scheik der tapfern Hainin
und grüße dich!

Abu Kital

Ich danke dir, o Scheik!

(Der Gast bekommt vom Vorbeter sein Kissen angewiesen und setzt sich)

Zweiter Scheik *(tritt vor)*

Ich führ die Helden der Munafikin
und grüße dich!

Abu Kital

Du bist ein Tapfrer, Freund!

(Der Gast bekommt usw. wie vorhin)

Dritter Scheik

Ich bin der Scheik des Stammes Ger Amin
und grüße dich!

Abu Kital

Gesegnet sei dein Tag!

(wie vorhin)

Vierter Scheik

Ich bin der Scheik der treuen Beni Har!
Salam aleik!

Abu Kital

Ich danke dir, o Scheik!

(wie vorhin)

Fünfter Scheik

Ich bin der Scheik der Krieger der Schukuk
und grüße dich von ihnen!

Abu Kital

Meinen Dank!

(wie vorhin)

Sechster Scheik

Ich bin der Scheik des Stammes Ukala
und sage meinen Gruß!

Abu Kital

Ich lobe dich!

(wie vorhin)

Siebenter Scheik

Ich bin der Scheik der Stämme der Schuttar
und bringe ihr Salam!

Abu Kital

Ich rühme dich!

(wie vorhin)

Achter Scheik

Ich bin der Scheik des Stammes Hukama;
er grüßt Abu Kital!

Abu Kital

Ich preise dich!

(Nachdem der Vorbeter auch dem achten Scheik sein Kissen angewiesen hat, entfernt er sich)

Imam

Ich bin der heilge Glaube, der Imam!

(setzt sich)

Kadi

Ich bin der Kadi, die Gerechtigkeit!

(setzt sich)

Babel

Ich bin die Wissenschaft und heiße Babel.

(setzt sich auf seinen alten Platz)

Hakawati *(richtet sich mit Hilfe von Schefaka von seinem Sitz auf)*

Ich bin das Märchen; weiter bin ich nichts!

(setzt sich)

(Der Scheik der Todeskarawane macht hier und da den Versuch, einen Platz zu bekommen, wird aber überall so scheel angesehn, daß er es vorzieht, weiterzugehn. Da nimmt Schefaka ihn entschlossen bei der Hand, führt ihn zum Zelt, schlägt den Vorhang der Männerabteilung zurück und weist ihm da einen bessern Sitz an, als er draußen hätte finden können. Er sitzt da wie auf einer herrschaftlichen Tribüne, von der aus er alles überschauen kann. Zu gleicher Zeit wird nebenan auch der Vorhang der Frauenabteilung zurückgeschlagen, und man sieht die Phantasie und Bibel, die der Beratung zuschauen wollen. Bibel ist verschleiert, und zwar so, daß der leichte, weiße Stoff die ganze Gestalt umhüllt und man nicht bemerkt, daß sie jetzt an Schefakas Stelle das sogenannte „Gewand der Seele“ trägt, also den Schmuck, den, wie der Scheik sich ausdrückte, „einst Bent'ullah in heilgen Stunden trug“.

So ist also grad ***den*** *drei Personen der Eingang zum Turm der An'allah überantwortet, denen er durch den geplanten, blutigen Überfall verwehrt werden soll. Der „Vater des Kampfes“ hat inzwischen gesprochen und spricht weiter, ohne auf die drei Personen im Zelt hinter sich zu achten)*

Abu Kital

Noch einmal rufe ich euch zu: „Willkommen!“
und sage Dank für euer Hiererscheinen.
Im Lager drüben wird das Mahl bereitet.
Inzwischen werde der Tschibuk gereicht
und die Beratung pünktlich vorgenommen;

(zum Himmel zeigend)

das Himmelszelt steht grad auf Mitternacht.
Doch, solltet ihr vielleicht ermüdet sein –

Erster Scheik *(einfallend)*

O nein!

Zweiter Scheik

O nein!

Dritter Scheik

Beginne nur!

Vierter Scheik

Beginne!

Abu Kital

Um was es sich hier handelt, wißt ihr schon;
ihr seid durch meine Boten unterrichtet.
Doch soll der Fall noch klar beleuchtet werden,
von dem Imam, von Babel und von mir,
und jeder wird nach seinem Stande sprechen,
um euch die heilgen ***Rechte*** zu erklären,
die wir auf unser Morgenland besitzen,
und daraus folgend auch die heilge ***Pflicht***,
das Abendland mit seinem Christentum,
wenn nötig, mit Gewalt zurückzuweisen.
Es spreche der Imam!

Fünfter Scheik

Wohlan!

Alle *(durcheinander)*

Er spreche!

Imam *(erhebt sich von seinem Platz und geht zum Teppich der Rede)*

Ich spreche hier als unser heilger Glaube,
der im Koran zur Erde niederkam,
um uns den Weg zum Paradies zu zeigen.
Es gibt für uns nur diesen einen Weg.
Wir nennen ihn den heiligen Islam,
der für die Erde ***Kraft*** und ***Tapferkeit***,
für später ***Glauben*** und ***Ergebung*** fordert.
Er war verkündet schon den ersten Menschen.
Die großen Väter und Propheten alle,

von denen uns die Heilge Schrift erzählt,
versuchten, ihn zu lehren und zu wandeln;
doch, was sie fanden, war die Richtung nur:
Der Pfad an sich blieb ihnen stets verborgen.
Da kam der mächtigste der Vorverkünder,
der Wunder ohnegleichen sprechen ließ.
Ich meine Isa Jesus, den Marien-Sohn,
der sah den Weg, doch ging er stolz vorüber.
Er ragte hoch in die Unendlichkeit,
und seine Füße schritten über Sterne.
„Mein Reich ist nicht von dieser Welt", sprach er,
der weiter dachte als an Erdengröße;
dann stieg er über Grab und Tod hinaus,
hinauf zu dem, den niemand je erreicht.
Das war der messianische Verzicht
auf jedes Schollenrecht an dieser Erde,
und wer nicht stark genug ist zu entsagen,
der sei auch nicht so kühn, sich Christ zu nennen

Für uns steht Isas Himmelreich zu hoch,
als daß wir es im Sprung erreichen möchten.
Wir gehn den Weg, der keine Flügel fordert,
den alten Weg der Väter und Propheten,
den Isa nur als Gottes Sohn vermied
und den Mohammed dann nach ihm betrat,
damit Allah für seine Menschenkinder
nicht nur als Traumbild in den Lüften schwebe.
Der eine predigt abgeklärten Geistern;
der andre wird den Lebenden gerecht,
indem er den granitnen Sockel baut,
auf dem der Glaube festen Halt gewinnt,
um seine Hand nach oben auszustrecken.
Für Sterbliche ist Isas Himmelreich
nicht ohne festen Erdengrund zu denken.
Und dieser Untergrund ist der Islam,
der Gottes Reich auf strenge Felsen baut,
damit der Himmel nicht zusammenbreche.

So wollen wir denn mit der Christenheit
im Sinne ihres Welterlösers teilen:
Für ***sie*** das grenzenlose Himmelreich
mit allem, was da oben strahlt und schimmert;
für ***uns*** sei nur die winzig kleine Erde,
die jeder Christ als Jammertal bezeichnet,
aus dem das ewige Verderben gähne.
Dies Jammertal sei unser Paradies,
und dies Verderben unsre Seligkeit!
Ihr hört, ihr meine tapfren An'allah:
Für ***sie*** den Himmel und für ***uns*** die Hölle!
Das müssen doch selbst ***sie*** bescheiden nennen!
Ihr seid mit dieser Teilung einverstanden?

Abu Kital *(als Vorstimme der andern)*

Für ***sie*** den Himmel und für ***uns*** die Hölle!

Vier Scheiks

Für sie den Himmel!

Die anderen vier Scheiks

Und für uns die Hölle!

Imam

Ich danke euch, ihr Tapfern, danke euch!
Es ist der Stolz des Stammes An'allah –

Erster Scheik *(fällt schnell ein)*

Nur ***euer*** Stolz?

Zweiter Scheik

Nur ***eurer***?

Die übrigen Scheiks *(durcheinander)*

Euer Stolz?

Imam *(sieht ein, daß er unvorsichtig war, winkt ihnen beruhigend zu und fährt fort)*

Daß er den Himmel für die Hölle gibt
und diese Hölle dann zum Himmel macht,
damit sogar der Teufel selig werde.
Denn dieser war der erste aller Sünder
und sei nun auch der erste der Erlösten.
Das ist ein Werk für harte, schwere Fäuste,
Die unerbittlich dreinzuschlagen wissen!
Und wenn der Christ, anstatt Verzicht zu leisten,
Uns auch das Jammertal noch nehmen will,
So soll er diese Fäuste kennenlernen.
Wir sind bereit! Wir werden mit ihm fertig!

Erster Ältester

Wir sind bereit!

Zweiter Ältester

Wir sind bereit!

Alle *(durcheinander)*

Bereit!

(Waffengeklirr, Lärm der Instrumente und die bekannten Freudenrufe. Während dieses Lärms verläßt der Imam den Teppich der Rede, um an seinen Platz zurückzukehren, und Babel tritt an seine Stelle)

Abu Kital *(mit der Peitsche auf den Imam deutend)*

Das war der Glaube, der gesprochen hat.

(auf Babel zeigend)

Nun kommt die Wissenschaft. Und dann –

(klatschend)

komm ***ich***!

Babel

Es ist verbrieft durch alte Pergamente,
durch ausgegrabene Papyrusrollen,
durch mündlich überlieferte Geschichten,

durch Steine, Platten, Ziegel und Zylinder,
sogar durch heilge Offenbarungsschriften,
daß lange vor Beginn der Völkerzeiten
ein Stamm von Riesen auf der Erde wohnte,
des Name lautete: „Ich bin wie Gott!“
Das waren wir, die heutgen An'allah.
Der Name ist der sicherste Beweis,
doch gibt es auch noch andere Belege,
die wissenschaftlich streng geordnet sind
und sich

(nach dem Turm deutend)

in unserm Schatz, im Turm befinden.
Wir bauten damals Stadt und Festung Babel,
dazu den Turm, der bis zum Himmel reichte,
denn Babel heißt „Tor Gottes“, nicht „Verwirrung“.
Die Stadt wuchs sich zum großen Reiche aus,
die Menschen aber wurden immer kleiner.
Der Riese wohne in der Einsamkeit;
am Markt des Lebens muß er schnell verzwergen.
Wir waren nicht zur Winzigkeit bestimmt,
verschenkten Stadt und Reich an arme Leute
und zogen fort, zurück in unsre Wüste –

Abu Kital *(stolz)*

Verschenkten Stadt und Reich an arme Leute –

(gibt ein Zeichen, diese Worte nachzusprechen)

Alle *(einstimmig)*

Verschenkten Stadt und Reich an arme Leute –

Abu Kital

Und zogen fort, zurück in unsre Wüste!

(gibt das gleiche Zeichen)

Alle *(wie oben)*

Und zogen fort, zurück in unsre Wüste!

Abu Kital *(hebt die Arme, schaut begeistert empor)*

Wie groß von euch, ihr meine An'allah,
groß wie der Turm, der bis zum Himmel ragte!
Schaut nicht herab zu uns, um uns zu messen –
doch bietet mir ein Reich wie Babylon
und hier dagegen diese eure Größe,
so schwör ich euch, ich gehe und verzichte!

Phantasie *(von ihrem Sitz im Zelt aufstehend, hebt warnend den Arm)*

Du schwörst, o Scheik!

Abu Kital *(dreht sich zu ihr um, bestätigend)*

Ich schwöre!

Babel *(ihn bewundernd)*

Groß wie immer!

Phantasie

Wie nun, wenn dich Allah beim Worte nähme?!

Abu Kital

So würde ich es halten!

(zu Babel)

Rede weiter!

Babel

Das war vor vielen, vielen tausend Jahren.
Nun kehrten aus der Wüste wir zurück,
um nach dem Turm der An'allah zu schauen.
Wir fragen diese Zeit; sie aber schweigt;
sie senkt das Haupt und deutet auf Ruinen.
Der Völker keins war dieses Baues würdig.
Das Höchste, was die Menschheit je erdachte,
erreichte kaum die erste seiner Stufen.
Da fuhr der Herr in seinem Zorn herab;

der Riese fiel zerschmettert vor ihm nieder,
und Weltenreiche brachen unter ihm.
Sein Körper löste sich in Schutt und Trümmer,
doch der Gedanke, der ihm innewohnte,
der wahre ***Geist***, stammt von uns An'allah
und soll im ***neuen*** Leibe neu sich strecken,
an diesem gleichen Ort, an dem er stand,
doch nicht gekleidet in den gleichen Staub,
der ihn den Zwergen unbegreiflich machte.
Nicht wieder baun wir ihn aus Schlammgefüge,
o nein, granitne Taten brechen wir
aus dem Gestein der harten Gegenwart
und türmen sie zum höchsten Himmel auf!
Bricht dann auch dieses zweite Werk zusammen,
so mag Allah der Zukunft sich erbarmen,
denn Besseres als Taten gibt es nicht!

Abu Kital *(die Hände hochhebend und das Zeichen gebend, diese Worte nachzusprechen)*

Denn Besseres als Taten –

Alle *(einstimmig, wuchtig)*

– ***gibt es nicht***!

Babel *(vom Teppich der Rede an seinen Platz zurückkehrend)*

Und dieses Beste wollen wir vollbringen!

Abu Kital

Wir wollen baun!

Imam

Wir wollen ***wieder*** baun!

Babel

Nicht einen Turm für heidnische Idole!

Imam

Nicht eine Warte für den Sternendienst!

Kadi

Nicht für Allah ein luftig Hirngespinst!

Abu Kital

Und doch für ihn, weil für sein Ebenbild!
Wir wollen baun für den, den er sich dachte,
als er beschloß: „Laßt uns den Menschen machen!“

Babel

Wir wollen baun für den Erwarteten,
von dem die Weisen aller Länder sagen,
daß er zwar spät, doch sicher kommen werde!

Abu Kital

Ein Weltenreich!

Imam

Das größte aller Zeiten!

Babel

Weil es von Pol zu Pol sich strecken soll!

Abu Kital

Für den ersehnten, wahren Erdenherrscher,
der ***Geist*** besitzt, genug für alle andern,
und Fäuste,

(die seinen vorzeigend)

um Gebirge zu zerbrechen!

Imam

Den Held und Hort, den Riesen des Islam!

Kadi

Den An'allah, den wahren An'allah!

(hier stutzen die acht Scheike, und ihre Begeisterung fällt schnell zusammen)

Abu Kital

Der uns das Morgenland zu Füßen legt,
und dann die ganze andre Welt erobert!
Droh'n denn nicht rings umher die Völkerstimmen?
Und wir am Turme Babel sollen schweigen?
Amerika –

Alle An'allah *(einstimmig)*

– ***nur für Amerika***!

Abu Kital

Der gelbe Osten –

Alle An'allah *(einstimmig)*

– ***für die gelbe Rasse***!

Abu Kital

„***Europa*** –

Alle An'allah *(einstimmig)*

– ***wahre deine heilgen Güter***!"

Abu Kital

Drum sei die Antwort, die wir ihnen geben:
„***Das Morgenland*** –

Alle An'allah *(einstimmig)*

– ***nur für die An'allah***!"

Abu Kital *(erschrocken)*

O nein!

Babel *(ebenso erschrocken)*

O nein!

Imam *(hebt abwehrend die Arme)*

O nein!

Kadi

Das ist ja falsch!

Abu Kital *(wiederholt, um zu verbessern)*

„Das Morgenland –

Alle An'allah *(blind und taub in ihrer Begeisterung)*

– nur für die An'allah!“

(großer Jubel bei den An'allah, Tusch, Zwischenrufe. Die acht angeblich Verbündeten springen auf; sie verlassen ihre Plätze und treten von den An'allah zurück. Da erst merken diese ihre Unbesonnenheit. Der Lärm weicht tiefer Stille, durch die laut die Stimme der Phantasie erklingt)

Phantasie *(im Zelt hoch aufgerichtet, die eignen Worte des Scheiks wiederholend)*

„Sie läßt den Gegner Zug und Zug gewinnen,
bis fast zuletzt; dann aber greift sie ein,
läßt Schlag auf Schlag und Stoß auf Stoß erfolgen
und wirft ihn endlich matt zu Boden nieder.
Das ist ihr Trick, an dem man sie erkennt!“

Abu Kital *(in zorniger Verwirrung)*

Was sollen diese meine Worte? Sprich!

Phantasie

Bisher hast du gewonnen, Zug um Zug;
gib acht, die Hexe kommt!

Scheik der Todeskarawane

Man spürt sie schon!

Erster Scheik *(der von dem tieferen Sinn dieser Plänkelei keine Ahnung hat, in kaltem schneidendem Ton zu Abu Kital)*

„Das Morgenland nur für die An'allah!“
Was dann für ***uns***?

Zweiter Scheik

Was dann für uns?

Dritter bis achter Scheik *(durcheinander)*

Für uns?

Erster Scheik

Der Bettelstab! Wohl gar die Sklaverei!

Zweiter bis vierter Scheik *(durcheinander)*

Der Bettelstab!

Fünfter bis achter Scheik *(durcheinander)*

Wohl gar die Sklaverei!

Abu Kital *(breitet bestürzt die Arme)*

Das war ein Irrtum, ein Versehen nur!

Imam *(beistimmend)*

Ein Irrtum!

Kadi

Ein Versehen! Ein –

Erster Scheik *(scharf)*

Wir wissen!

(zu Abu Kital)

Leb wohl, ersehnter, wahrer Erdenherrscher!

(geht fort, während draußen die Gebetsbretter geläutet werden)

Zweiter Scheik *(zu Abu Kital)*

Der Geist genug besitzt für alle andern!

(geht fort)

Dritter Scheik *(zu Abu Kital)*

Du Held und Hort!

(geht)

Vierter Scheik *(zu Abu Kital)*

Du Riese des Islam!

(schickt sich auch zum Gehn an)

Abu Kital *(den diese plötzliche Absage wie ein Schlag auf den Kopf trifft)*

Warum – wieso – das ist – sie wollen fort!

(springt vor und faßt den vierten Scheik, um ihn zurückzuhalten, wobei die Stimme des Vorbeters schon nahe hinter der Szene zu hören ist)

Du bleibst – du bleibst! Ich will es – ich befehle!

Vierter Scheik

Befehlen willst du? Mir? Dem Beni Har?
Fahr hin, du Knabe! Lerne erst gehorchen!

(schleudert ihn von sich und geht. Abu Kital taumelt einige Schritte zurück und strauchelt dann nieder. Er ist so bestürzt, daß er das Aufstehn vergißt und fast tonlos vor sich hinzürnt)

Abu Kital

Vergriffen hat er sich an mir! Vergriffen!
Zu Boden mich geschleudert! Mich!

Schefaka *(eilt herbei, um ihn zu unterstützen)*

Steh auf!

Phantasie *(noch hoch und aufrecht im Zelt)*

Nun hast du dir den König ***selbst*** entblößt –
Herunter mit dem Mantel von Elissa!

Abu Kital *(steht verwirrt auf, zur Phantasie)*

Wie meinst du das?

Schefaka

Sei still! Der Schwarze kommt!

(führt ihn zum Thron, auf den er sich, wie bewußtlos, niederläßt.)

Elfter Auftritt

Die Vorigen, ohne die ersten vier Scheike. Der Vorbeter, hinter ihm seine Gehilfen und das übrige Gefolge. Er läutet die Hölzer und singt dazu:

Heijh alas salâh! Heijh alal felâh! Auf zum Gebet! Auf
zum Heil! Heijh alas salâh! Heijh alal felâh! Allaliu
akbar! Allahu akbar!

(Dann kniet er nieder, hinter ihm auch alle, die mit ihm gekommen sind. Das Umeha mit den Verbeugungen beginnt. Das rüttelt den Scheik aus dem Zustand halber Betäubung auf. Er fährt empor, reißt die Peitsche aus dem Gürtel und springt zornig auf den Vorbeter ein)

Abu Kital

Was fällt dir ein, du Wurm, du Laus, du Wanze!
Ein solches Schnurren und ein solches Schnarren,
nachdem du das Gebet der Bibel hörtest!
Bist du verrückt?

Vorbeter *(bleibt knien)*

Was soll ich beten, Herr?

Abu Kital

Die heilge Fat'ha, nicht das Umeha!

Vorbeter *(bescheiden, aber fest)*

Die Fat'ha bet ich nicht!

Abu Kital *(erstaunt)*

Du weigerst dich?

Vorbeter

Du hast sie mir verboten!

Abu Kital

Allerdings,
und dazu hatte ich mein Recht. Verstanden?
Jetzt aber, jetzt will ich das Gegenteil,
und was ich will,

(klatscht)

geschieht; das ist bekannt!

Vorbeter *(schaut bittend zu ihm auf)*

Verzeih, o Herr! Ich möchte dich bewahren!
Gedenke an das „rasche Ende", Scheik,
das du mit ihr heraufbeschworen hast!

Abu Kital

Nur mein ***Befehl*** und nicht mein ***Ende*** gilt!

Vorbeter

Und ***meine Lippe*** ist nicht ***deine Lippe***!

Abu Kital

Die Fat'ha will ich!

(schlägt ihm bei der Silbe Fa die Peitsche über den Rücken)

Vorbeter

Nein!

Abu Kital

Die Fat'ha!

(gibt ihm einen zweiten Hieb)

Vorbeter

Nein!

Schefaka *(eilt auf Abu Kital zu, der schon zum dritten Hieb ausholt, und fällt ihm in den Arm)*

O Scheik, o Scheik, du prügelst das Gebet!

Abu Kital

Mit vollem Recht, wenn es mir nicht gehorcht.

(macht sich von ihr las und schlägt den Schwarzen wieder. Schefaka hängt sich an ihn und versucht, ihm die Peitsche zu entreißen. Aufregung bemächtigt sich aller Anwesenden. Man drängt herbei. Unwillen gegen Abu Kital wird wach. Der Scheik der Todeskarawane verläßt das Zelt, um sich des Bedrängten anzunehmen. Er tut das ruhig, ahne Leidenschaftlichkeit und Übereilung. Die Phantasie und Bibel bleiben im Zelt. Sie stehn nebeneinander. Die Jüngere im Arm der Älteren).

Imam

Was das Gebet betrifft, bin ***ich*** der Herr.
Ich will nur das Umêha, nicht die Fat'ha!

Kadi

Und was das Recht zu strafen anbelangt,
so habe ***ich*** es nur, kein ***anderer***!

Abu Kital *(grimmig)*

Allah, Allah, wie lustig es hier wird!
Weil die verräterischen Schurken dort,

(mit der Peitsche hinter den vier Scheiken her drohend)

nicht folgten, wie ich es berechnet hatte,
wagt es nun gleich der ganze heilge Glaube
und auch das ganze, liebe, heilge Recht,
sich von mir loszusagen!

(spuckt aus)

Pfui der Schande!

(schleudert Schefaka von sich, so daß sie vor dem Scheik der Todeskarawane niederfällt, deutet auf den Neger und ruft herausfordernd)

Ich peitsche ihn, bis er gehorcht! Verstanden?
Und wer mich hindern will, der wage es!

(schlägt weiter auf den Schwarzen ein)

Scheik der Todeskarawane *(hebt Schefaka auf und führt sie ihrem in der Nähe stehenden Vater zu)*

Das ist Kital, das Drachenungeheuer,
die niedrige Gewalt, das – Menschentier!

Abu Kital *(sich ihm zuwendend und vom Schwarzen ablassend)*

Kital, Kital, ganz richtig! Hast du Mut,
so komm heran und hol dir meine Peitsche!

Scheik der Todeskarawane

Wozu denn Mut? Kital ist ungefährlich!

(geht langsamen Schritts auf den Scheik zu, die Augen fest auf ihn gerichtet)

Phantasie *(ruft ihnen zu)*

Schon wieder stellt er seinen König bloß.
Herunter mit dem Reif von Eridu!

(Die beiden stehn sich Aug in Aug gegenüber. Abu Kital kann den Blick des andern nicht ertragen und weicht einen Schritt zurück. Dabei wirft er einen halben Blick zur Phantasie hinüber)

Abu Kital *(unsicher)*

Was willst du nur mit deinem König immer,
und mit dem goldnen Reif von Eridu?

Hakawati

Das weißt du nicht? Und wagst, dich ***Geist*** zu nennen?

(Dieser Zuruf des alten Märchenerzählers gibt ihm Veranlassung, abermals einige Schritte zurückzutun, scheinbar, um ihn zu sehn, eigentlich aber, um dem Blick des Scheiks der Todeskarawane auszuweichen, der sich scharf in den seinigen bohrt und ihn immer weitertreibt, von der Stelle weg, wo der Neger mißhandelt wurde. Die andern machen Platz und schauen dem Vorgang, der sich ähnlich wie im ersten Akt abspielt, mit Spannung zu. Endlich kann der Scheik den unbeweglich auf ihn gerichteten Blick nicht länger ertragen)

Abu Kital *(wild)*

Hinweg mit deinen Augen, Leichenknecht!
Die Peitsche!

Scheik der Todeskarawane *(den Blick nicht wendend)*

Schlag doch zu!

Abu Kital

Du höhnst? – Sofort!

(Bei den Worten „Du höhnst" holt er aus; bei dem Wort „sofort" soll der Hieb fallen, aber der Scheik der Todeskarawane reißt ihm die Peitsche mit einem unerwarteten, blitzschnellen Griff aus der Hand)

Scheik der Todeskarawane *(die Peitsche hinter sich hochhaltend)*

Hier ist sie schon!

Abu Kital *(auf ihn eindringend)*

Zurück mit ihr!

Scheik der Todeskarawane *(schleudert ihn von sich)*

Mit dir!

Phantasie *(mit den Worten Abu Kitals)*

„Und ich der Scheik, ich bin die heilge Macht,
die ich symbolisch in die Peitsche lege,
um anzudeuten, was ich will und

(macht die Armbewegung des Peitschenknallens)

kann!"

Scheik der Todeskarawane *(die Kurbatsch betrachtend)*

Ist das die ganze Macht? Die breche ich

(zerbricht die Peitsche)

und werfe sie dir in das Angesicht!

(wirft ihm die Peitsche ins Gesicht)

Imam *(erschrocken)*

O Schmach!

Kadi *(ebenso)*

O Elend!

Babel *(ebenso)*

Todesschimpf!

Alle *(durcheinander)*

O Schande!

Abu Kital *(durch den erneuten Zuruf der Phantasie und die Schmach ganz außer sich)*

Ein Todesschimpf! Gebt mir ein Schwert, ein Schwert!

(reißt einem An'allah den Säbel aus der Scheide)

Und einen Schild!

(nimmt einem andern den ledernen Schild)

Und den Dscherid! Schnell, schnell!

(bemächtigt sich des kurzen Wurfspießes eines Dritten und wendet sich mit diesen Waffen gegen den Scheik der Todeskarawane)

Und nun, du Hund, sink nieder! – Auf die Knie!
Die Todes-Sure sprich – mit dir ist's aus!
Abu Kital, den niemand je besiegte,
holt sich dein Herz und deine Eingeweide
zum Fraße der Schakale und Hyänen!

Scheik der Todeskarawane *(hält ihm die Brust hin, hebt aber die Faust)*

Stich zu! Stich zu!

Schefaka *(abwehrend)*

Den Unbewaffneten?

Scheik der Todeskarawane *(verächtlich)*

Das ist der „***Geist***", der tausend Waffen braucht,
um einen schwachen Körper zu vernichten!

Abu Kital

Das rettet dich!

Scheik der Todeskarawane

Will ich gerettet sein?
Ich habe meine Faust, das heißt, mich selbst:
Stich zu!

Schefaka

Nein, nein!

Scheik der Todeskarawane

Stich zu!

Schefaka

Um keinen Preis!

Abu Kital *(wegwerfend)*

Du feiger Hund! – Er weiß, daß ich nicht darf!

(auf ihn zeigend)

Bringt einen Säbel, einen Schild und Spieß!
Gebt Waffen ihm, so viel ihr immer wollt!
Ich werde ihn zermalmen!

Schefaka

Schone ihn!

(Die An'allah bieten dem Scheik der Todeskarawane die Waffen an, er weist sie zurück)

Scheik der Todeskarawane

Behaltet eure Wehr!

(zu Schefaka)

Befürchtet nichts!

Abu Kital *(höhnisch)*

Das klingt sehr kühn – die Maske aller Memmen!

(befehlend)

Ein Schwert für ihn, damit er fechten ***muß***!

(Mehrere versuchen dem Scheik der Todeskarawane ihre Säbel aufzudrängen. Er weist sie ab. Er steht grad an der Stelle, wo das Heft der in die Erde gestoßnen Klinge aus dem Boden ragt)

Scheik der Todeskarawane *(zum Himmel aufblickend)*

Verzeih, Allah, verzeih! Ich bin gezwungen.
Im Erdenblute kreist ein Sonnenleben.
Es soll mir heilig sein!

Abu Kital *(spottend)*

Er phantasiert!

Scheik der Todeskarawane

Doch mit dem Säbel!

(reißt die Klinge aus der Erde)

Nun denn – her mit dir!
Du sollst erfahren, wie ich phantasiere!

Abu Kital *(erschrocken)*

Die Klinge des Kismet! – Allah bewahre!

Babel und Imam

Die Klinge des Kismet!

Alle *(durcheinander)*

Allah! Allah!

Abu Kital

Die ich begrub, als wir den Krieg beschlossen!

(zum Scheik der Todeskarawane)

Der Brauch ist dir bekannt?

Scheik der Todeskarawane

Ich kenne ihn.

Abu Kital

Und zogst den Säbel ***doch***!

Scheik der Todeskarawane

Grad ***ihn***!

Alle *(durcheinander, betroffen)*

Grad ihn!

Abu Kital

So zogst du dir den Tod! Paß auf!

(dringt bei „auf" mit dem Säbel auf ihn ein)

Scheik der Todeskarawane

Paß auf!

(schlägt ihm bei „auf" den Säbel aus der Hand. Verwundertes Gemurmel)

Phantasie *(mit lauter Stimme)*

Ich biete Schach dem König!

(mit Nachdruck wiederholend)

Schach dem König!

Abu Kital *(ohne darauf zu achten, staunend)*

Wie war das möglich, Mensch! Paß auf!

(dringt bei „auf" mit dem kurzen Wurfspieß auf ihn ein)

Scheik der Todeskarawane

Paß auf!

(schlägt ihm bei „auf" den Spieß aus der Hand. Stärkeres Gemurmel, fast wie Beifall)

Abu Kital *(betroffen und ergrimmt zugleich)*

Es scheint, der Teufel ist mit dir im Bunde.
Ich schlag dich tot, du Hund! – Paß auf!

(holt mit dem Schild aus und dringt auf ihn ein, um ihn niederzuschmettern)

Scheik der Todeskarawane

Paß auf!

(nimmt den Säbel in die Linke und schlägt ihm bei der Silbe „auf" mit der Rechten auch noch den Schild aus der Hand. Das reißt die Menge hin. Lauter Beifall erschallt. Die bekannten Zwischenrufe erklingen. Abu Kital starrt den Sieger wie abwesend an. Er läßt
die Arme wie Flügel hängen und spreizt alle zehn Finger auseinander. Er weicht vor ihm wie vor einem Gespenst zurück. Der Scheik der Todeskarawane steckt ruhig die Klinge des Kismet in seinen Gürtelstrick)

Phantasie *(zu Abu Kital)*

Nun auch herunter mit der Suri-Klinge!

Abu Kital *(fast stotternd)*

Nun auch – herunter mit –

(Er richtet, entsetzt über seine Niederlage, einen verständnislosen Blick zur Phantasie hinüber, ist nicht imstand, ihre Worte vollständig nachzusprechen, und wankt zum Thron, auf den er wie gebrochen niedersinkt)

Scheik der Todeskarawane *(zum Vorbeter)*

Steh auf und geh!
Nie wird Abu Kital dich wieder schlagen!

(Vorbeter mit seinem Gefolge und den Musikanten ab.)

Zwölfter Auftritt

Die Vorigen, ohne den Vorbeter, sein Gefolge und die Musikanten.

Fünfter Scheik

Nun gehn auch wir!

Sechster Scheik

Auch wir!

Siebenter Scheik

Auch wir!

Achter Scheik

Auch wir!

Babel

Ich bitte euch zu bleiben!

Imam

Bleibt noch!

Kadi

Bleibt!

Babel

Es ist noch viel zu sagen.

Imam und Kadi

Wichtiges!

Fünfter Scheik

Wir wollen nichts mehr hören!

Sechster Scheik

Nichts mehr!

Siebenter Scheik

Nichts!

Achter Scheik *(in entschiedenem Ton)*

Wer das Gebet uns mit der Peitsche drillt,
der kann auf unsre Hilfe niemals rechnen.

Fünfter Scheik

Drum gehn auch wir!

Sechster und siebenter Scheik

Drum gehn auch wir!

Achter Scheik

Wir alle!

(Einer nach dem andern würdevoll ab.)

Dreizehnter Auftritt

Die Vorigen ohne die vier Scheike.

Abu Kital *(zusammengesunken auf seinem Thron)*

Sie gehn, Sie gehn! Das hab ich nicht verdient!
Ich war ihr Freund, ihr stets bereiter Helfer!

Scheik der Todeskarawane *(ernst, nicht unfreundlich)*

Schrei nicht, o Scheik; ich sage dir, schrei nicht!
Denn wer da schreit, ist dieser Qual nicht wert,
wird weggeworfen in den Brack und Plunder
und muß dann wieder eingeschmolzen werden!

Abu Kital *(verstört)*

Die Geisterschmiede! – Kindermärchen!

Phantasie

Horch!

Kann, was man ***wirklich*** hört, ein Märchen sein?

(Man hört in der Ferne Hämmer klingen, schwere, mittlere und kleine. Das macht einen ganz eignen Eindruck. Alle lauschen. Niemand weiß es sich zu erklären)

Babel

Das sind doch Hämmer!

Alle *(durcheinander)*

Hämmer, Schmiedehämmer!

Phantasie *(erklärend)*

Der Schmerz erscheint!

Babel *(tritt teilnehmend zum Scheik)*

Fürwahr!

Hakawati

Die Geisterschmiede

Abu Kital *(versucht sich aufzuraffen)*

Was soll das ***Spiel***?!

Phantasie

Es wird zur ***Wirklichkeit***!
Wir stehen auf dem Schachbrett Nummer zwei.
Bedenke das! Du selber hast's erfunden!
Du mußt vor allen Dingen jetzt beweisen,
daß du der Geist des Morgenlandes bist,
der es versteht, den Geist des Abendlandes
an beiden Ohren an das Licht zu ziehen!

Abu Kital *(aufbrausend)*

Er komme nur!

Phantasie

Er ist schon da!

Abu Kital

Schon da?

So zeige ihn! Grad dazu bist du ***hier***!

Phantasie *(tritt aus dem Zelt heraus, geht auf den Scheik der Todeskarawane zu und wendet ihn zu Abu Kital herum)*

Wenn du befiehlst, so will ich gern gehorchen.

(die früheren Worte des Scheiks wiederholend)

„Es lagert eine Todeskarawane
im alten Bette von Abu Hasef,
wohl vierzig Männer stark, zerlumpt, zerrissen,
die Schuftigkeit in jedem Angesicht,
noch schwimmend im Gestank der Perserleichen,
die sie nach Meschhed Hossein gebracht,
von aller Welt verlassen, ausgestoßen,
geborne Teufel, jeder Sünde fähig.
Ihr Scheik, zwar noch nicht alt, wie man mir sagt,
doch ebenso verkommen wie die andern" –

(nun mit eignen Worten fortfahrend)

soll im Turniere euer „König" sein
und ist doch jener Geist des Abendlandes –

Abu Kital *(sie unterbrechend, während der Scheik der Todeskarawane ruhig zum Zelt geht und sich dort niedersetzt)*

Halt ein, halt ein! Für solche Art von Scherz
ist diese Stunde wahrlich nicht geeignet!
Die Freunde haben schmählich mich verlassen,
obgleich rundum schon ihre Heere lagern,
und ihr, ihr redet Dinge auf mich ein,
bei denen der Verstand –

Schefaka *(ihn unterbrechend)*

Der Schwarze kommt!

(Die Phantasie begibt sich wieder ins Zelt.)

Vierzehnter Auftritt

Die Vorigen. Der Neger.

Vorbeter *(meldet)*

Die Gäste kommen wieder.

Abu Kital

Welche Gäste?

Vorbeter

Die ersten vier, die fortgegangen sind.

Abu Kital *(sofort wieder auflebend)*

Das deutet Gutes. Sag, sie sollen kommen!

(sich besinnend)

Doch nein! Noch besser sag, sie dürfen her!

(Neger ab.)

Fünfzehnter Auftritt

Die Vorigen, ohne den Neger.

Abu Kital

Sie kehren um! Sie haben sich besonnen!
So billig aber kriegt ihr mich nicht mehr!

(zu den An'allah)

Ich will nicht weiter zürnen, doch seht zu,
jetzt eure Torheit wieder gutzumachen:
Das Morgenland nur für das Morgenland –
nicht aber einzig für die An'allah!

(zur Phantasie)

Und deinen Witz vom Geist des Abendlandes
besprech ich noch mit dir!

Schefaka *(auf die Ankömmlinge deutend)*

Da sind sie schon!

Sechzehnter Auftritt

Die Vorigen.

Die ersten vier Scheike kehren zurück. Sie befinden sich in sichtlicher Aufregung.

Abu Kital *(streng)*

Ihr habt bereut? – So will ich mich bezwingen –

Erster Scheik

Bereut?

Zweiter Scheik

Bereut?

Dritter Scheik *(spitzig)*

Jawohl bereut!

Vierter Scheik *(ebenso)*

Bereut!

Abu Kital

So will ich sehn, ob ich verzeihen kann!

Erster Scheik

Verzeihen?

Zweiter Scheik

Wem denn?

Abu Kital

Euch!

Dritter Scheik *(erstaunt)*

Du uns?

Vierter Scheik *(ebenso)*

Du uns?

Erster Scheik

Du irrst auch jetzt, wie du dich immer irrtest.
Was wir bereun, ist nur die Nachbarschaft
mit dir, zu der wir jetzt gezwungen wurden!

Abu Kital *(steht betroffen)*

Zweiter Scheik

Wir können leider jetzt nicht fort von hier.
Schon als wir kamen, brannten rings die Feuer.
Wir glaubten, daß es eure Truppen seien,
die du zum Feste hier versammelt hast –

Abu Kital *(schnell einfallend)*

Nicht meine Truppen – das sind doch die euren!

Dritter Scheik

Die unsern? Warum sollten unsre Krieger
sich ausgerechnet hier am Turme lagern?

Erster Scheik

Wir wurden zur Beratung eingeladen.

Zweiter Scheik

Für heut um Mitternacht.

Abu Kital

Sonst weiter nichts?

Vierter Scheik

Und morgen dann zum Fest.

Abu Kital *(verläßt den Thron, weicht zur Seite, betroffen)*

Sonst – weiter – nichts
Ich sandte später doch ein Eilkamel
mit meinem besten Reiter –

Erster Scheik *(verwundert)*

Wie? An uns?

Abu Kital

Zuerst an dich.

Erster Scheik *(schüttelt den Kopf)*

Es kam nicht an!

Abu Kital *(erregt)*

– nicht – an?

(außer sich)

Der Bote ritt noch zu den andern sieben –

Zweiter Scheik *(einfallend)*

Er kam auch da nicht an.

Dritter und vierter Scheik

Er kam nicht an.

Abu Kital

Allah – Allah – das ist –

Erster Scheik *(ärgerlich auflachend)*

Ein Meisterstück!

Zweiter Scheik

Jawohl, ein Meisterstück!

Dritter und vierter Scheik

Ein Meisterstück!

Abu Kital

Von wem?

Erster Scheik

Von Marah Durimeh.

Abu Kital *(noch einmal, aber lauter, entsetzt)*

Von wem?

Zweiter Scheik

Von Ben Tesalah.

Abu Kital

Von dem „Sohn des Friedens“,
dem „König“ in dem Schach der Gegnerin?

Dritter Scheik

Von diesen beiden, ja.

Abu Kital

Wieso, wieso?

Vierter Scheik

Sie haben deinen Boten weggefangen
und nun an unsrer Stelle euch umzingelt.

Erster Scheik

Ist das kein Meisterstück?

Babel *(erschrocken)*

Wir sind umzingelt!

Imam

Wir sind umzingelt!

Kadi

Von den Feinden!

Alle *(durcheinander)*

Feinde!

Abu Kital *(beginnt, sich zu sich selbst zurückzufinden; sie überschreiend)*

Seid still, ihr Memmen, still; ich glaubs noch nicht!
Denn wär es wahr, so hätte sich wohl nie
auf Erden je ein solcher Narr gefunden,
wie euer Scheik es ist –

Schefaka *(ihn unterbrechend)*

Der Schwarze kommt!

Siebzehnter Auftritt

Die Vorigen. Der Neger.

Abu Kital

Der Schwarze kommt, der Schwarze kommt, der Schwarze!
So heißt es immerfort – und wenn er kommt,
ist seine Botschaft immer widerwärtig!

(zu ihm)

Ich frage dich, ob das ein Ende nimmt!

Vorbeter

Das Ende ist schon da.

Abu Kital *(begreift nicht)*

Das Ende ist –

Vorbeter

Ich kann nicht mehr ins Lager.

Abu Kital *(stammelnd)*

kann nicht – mehr –

Vorbeter

Es ist besetzt.

Abu Kital *(aufschreiend)*

Besetzt?

Vorbeter

Von den Kiram.
Sie zwangen mich, zu euch zurückzukehren
und dich von Marah Durimeh zu grüßen
und auch von Ben Tesalah, ihrem Scheik.
Erlaube, Herr, ich bleibe hier bei dir!

(setzt sich in einen Winkel)

Babel *(legt den Arm um den Scheik)*

Mein armer Freund!

Imam

Ich gehe!

Kadi

Nimm mich mit!

(Kadi und Imam schleunigst ab.)

Achtzehnter Auftritt

Die Vorigen ohne den Imam und den Kadi.

Phantasie *(den beiden nachschauend, zum Scheik)*

Herunter mit dem königlichen Gürtel!

Abu Kital *(die Hände vor das Gesicht legend)*

Auch diese gehen fort, auch diese – diese!

Hakawati

Die Geisterschmiede, Scheik, die Geisterschmiede!

Scheik der Todeskarawane *(vortragend)*

„Da – jetzt, o Scheik, ergreifen dich die Zangen.
Man stößt dich in den Brand. Die Bälge knarren.
Die Lohe zuckt empor, zum Dach hinaus,
und alles, was du hast und was du bist,
der Leib, der Geist, die Seele –“

Abu Kital *(nimmt die Hände vom Gesicht, reckt sich stolz hoch)*

Still doch, still!
Ich werde überrascht von diesem Blitz,
der aus dem klarsten Himmel niederfuhr
und mich

(zu den An'allah)

wie euch nicht vorbereitet trifft.
Ist es ein heißer, ists ein kalter Strahl?
Das muß ich fragen, und das muß ich wissen.

(schickt sich an, sich zu entfernen)

Ich eil sofort ins Lager, nachzuschaun –

Babel *(schnell einfallend)*

Ich gehe mit!

Schefaka

Ich auch! Ich lauf voran!

(will es tun)

Abu Kital *(sie festhaltend)*

Nicht übereilt!

(mild)

Ich weiß, ihr seid mir treu;

(gebieterisch)

doch gehe ich allein. Ich will es so!

(Abu Kital ab.)

Neunzehnter Auftritt

Die Vorigen, ohne Abu Kital.

Hakawati *(besorgt)*

Er rennt in sein Verderben!

Phantasie

Nein!

Scheik der Todeskarawane

O nein!

Hakawati

Was weißt denn du? Du bist doch hier ein Fremder.

Scheik der Todeskarawane *(zögernd)*

Ein Fremder – dich kenn ich genau!

Hakawati

Wieso?

Scheik der Todeskarawane

Ich hab von dir gehört.

Hakawati

Von mir? – So sprich!

Scheik der Todeskarawane *(verläßt das Zelt, geht auf ihm zu)*

Du hast einst einem Menschen wehgetan!

Hakawati

Mit Absicht keinem!

Scheik der Todeskarawane

Aber doch!

Hakawati

Du scherzest!

Scheik der Todeskarawane

Mit deinem Messer hast du ihn verwundet!

Hakawati

Das tat ich nie!

Scheik der Todeskarawane

Er war gebissen worden.
Von einem Wurm. Von einer Assalah –

Hakawati

Der Wüstenschlange? Ah, jetzt weiß ich es:
Ich schnitt ihm schnell die Wunde aus; am Fuß
war sie – der Schnitt, der rettete sein Leben.

Scheik der Todeskarawane *(tritt näher)*

Wer war der Mann?

Hakawati

Es war ein Kind, kein Mann;
der Knabe unsres Scheiks, der –

(draußen ertönt ein Schrei Abu Kitals)

Schefaka *(ringt die Hände)*

Bei Allah!

Vorbeter

Mein Herr ist in Gefahr! Ich helfe ihm!

(springt aus seinem Winkel auf und eilt fort.)

Zwanzigster Auftritt

Die Vorigen, ohne den Vorbeter.

Schefaka

Gefahr ringsum – ich habe Angst um ihn!

Babel

Ich nicht. Er ist ja Geist.

Hakawati

Du irrst.

Babel

Wieso?

Phantasie

Nicht Einzelwesen, ***Drama*** ist der Mensch,
um Zeit und Ort mit Handlung zu beleben,
und der es dichtet, wohnt nicht im Gehirn
und nicht im Leib –

Babel *(einfallend)*

Du bist die Phantasie,
die anders denkt als ich, der streng Gelehrte.
Ich streite nicht, doch höre, was ich sage:
Wenn dieser Geist – verstehe wohl, er selbst –
mir öffentlich bekennt, er sei nicht Geist,
so werf ich alles, was ich schrieb, ins Feuer,
doch eher nicht!

Phantasie

Ich halte dich beim Wort!
Erziehe Menschen! Mensch soll jeder werden.
Jedoch zum Geist? – Das überlasse Gott!

(Ein greller Feuerschein leuchtet auf. Er ist ein verabredetes Zeichen. Zu gleicher Zeit erschallen Stimmen draußen)

Scheik der Todeskarawane *(indem er zum Thron geht)*

Jetzt wieder an das Schach!

Phantasie *(laut)*

Ich zwinge matt!

Einundzwanzigster Auftritt

Die Vorigen.

Der Scheik der Todeskarawane steht am Thron, den Arm auf dessen Lehne. Vier seiner Leute bringen den Scheik der An'allah als Gefangnen. Sie sind nur notdürftig gekleidet und vollständig unbewaffnet. Er ist gefesselt und wird rechts und links je an einem Armstrick geführt. Hinter ihm der Schwarze, der aber nicht gebunden ist und sich sofort wieder in seinem Winkel niederhockt.

Abu Kital *(in loderndem Grimm)*

Da bringt man mich – wie eine wilde Bestie!
Man rang mich nieder – vierzig gegen einen!

(zerrt an den Fesseln. Zu den An'allah, die herandrängen, um ihm beizustehn)

Zurück mit euch! Es kann mir ***keiner*** helfen,
Und ebenso verloren seid auch ihr. –
Die Todeskarawane war nur List.
Die Kerle sind verkleidete Kiram,

(auf den Scheik der Todeskarawane deutend und vor ihm ausspuckend)

und dieser da – der ist der „Sohn des Friedens".

(Man sieht, wie sehr die anwesenden An'allah bei dieser unerwarteten Enthüllung erschrecken)

Erster Ältester

Der ist –

Zweiter Ältester

Der ist –

Alle *(durcheinander)*

Der ist der Sohn des Friedens?

(Fast alle Arme erheben sich, um auf ihn zu zeigen. Schefaka geht um ihn herum und betrachtet ihn mit weit geöffneten Augen)

Abu Kital *(zu allen)*

Ihr seid gefangen. Legt die Waffen nieder!
Die Feinde sind wie Sand am Meere da.
Wir werden totgedrückt, wenn wir uns wehren.

(Man hört Waffengetöse, das Heulen der An'allah und das Jauchzen der Kiram)

Da hört ihr es! Das Lager ist umringt
und muß sich ohne Hieb und Streich ergeben!

Babel

Wie ist das möglich?

Abu Kital

Weil man uns belog!

Scheik der Todeskarawane

Zu deinem Heil! Wir bringen euch den Frieden!

Abu Kital *(hohnlachend, indem er mit den gefesselten Händen da hinausdeutet, wo er soeben gefangengenommen wurde)*

Mit einem Heer, das uns zertreten soll!

(mustert ihn vom Kopf bis zum Fuß und fährt dann höhnend fort):

Du bist wahrscheinlich jener ***Edelmensch***,
der nach dem Märchen hier am Turm erscheint, –

Hakawati *(fällt schnell ein)*

– um mit der scharfen Klinge des Kismet
Kital, den Kampf, den Drachen, zu besiegen,
den wahren Geist der Bibel zu befrein
und ihn

(nach dem Thron deutend)

auf diesen deinen Thron zu setzen.

Abu Kital

So also doch! Der erste Edelmensch!
Und ich, ich bin Kital, das Ungeheuer!
Wie du mich ***in der Tat*** bemeistert hast,
so mußt du mich auch ***bildlich*** überwinden.
Mit welcher Waffe?

Scheik der Todeskarawane

Einzig durch die Liebe
Zunächst muß ich dich zur Erkenntnis bringen,
daß es mit dir zum raschen Ende geht.

Abu Kital *(spöttisch)*

Und dann?

Scheik der Todeskarawane

Zur Einsicht deiner Niedertracht.

Abu Kital

Und dann?

Scheik der Todeskarawane

Zum Eingeständnis deiner Schuld.

Abu Kital

Und dann?

Scheik der Todeskarawane

Den „Geist der Bibel" freizugeben.

Abu Kital

Und dann?

Scheik der Todeskarawane

Und dann hast du dich ***selbst*** besiegt
und bist es wert, nach Märdistan zu gehen.

Abu Kital *(lachend)*

So fange an und schlage auf mich ein
mit deiner Liebe und mit deiner Güte!
Ich bin gespannt, wie das wohl enden wird!

(er läßt sich trotz seinen Fesseln anmaßend auf den Thron nieder)

Scheik der Todeskarawane *(gleichmütig)*

Du willst beginnen? Wohl, es sei gewährt!

Abu Kital *(befehlend)*

Zunächst: daß es mit mir zum Ende geht!

Scheik der Todeskarawane

So gebe ich dich frei.

(löst die Stricke, daß sie zu Boden gleiten. Auf seinen Wink gehen die vier verkleideten Kiram, die den Scheik gebracht haben, zum Zelt und stellen sich je zwei zu dessen beiden Seiten auf, woraus hervorgeht, daß man vor allen Dingen den Eingang zum Turm zu besetzen beabsichtigt.)

Abu Kital *(der sichtlich nicht für möglich gehalten hat, daß man einem Feind wie ihm die Fesseln abnehmen werde, in betroffenem Ton)*

Das ist die Liebe?
Da wird mir angst!

(zu den An'allah)

Legt schnell die Waffen ab!
Denn folgt auf solche Barschheit solche Güte,
so steht es schlimm für uns!

(Wieder leuchtet ein greller Feuerschein als Zeichen auf; es fallen draußen Schüsse)

Wer schießt?

Alle *(durcheinander)*

Wer schießt?

Scheik der Todeskarawane

Die Schützen von Ifkar.

Abu Kital

Die fehlen ***nie***!

Phantasie

Sie melden sich.

Scheik der Todeskarawane *(zum Scheik)*

Du wirst sie sehn.

Schefaka *(hebt die Hand)*

Sie kommen!

Zweiundzwanzigster Auftritt

Die Vorigen.

Die An'allah legen auf den wiederholten Befehl ihres Scheiks alle Waffen auf einen Haufen. Währenddes kommen vier arabische Krieger, die mit Yatagans kleiner „Handschar“, orientalisches, kurzes Schwert*und langen Flinten bewaffnet sind; sie bringen den Kadi. Sie grüßen die Phantasie und den Scheik der Todeskarawane ehrerbietig und geben auf dessen Wink ihren Gefangnen frei. Dieser macht sich eiligst an seinen Platz; sie aber stellen sich bei ihren Kameraden von der Todeskarawane auf.*

Abu Kital

Das heilge Recht – es stellt sich wieder ein!

(der Feuerschein leuchtet wieder auf. Man hört Schwerter zusammenschlagen)

Scheik der Todeskarawane

Das sind die Panzerreiter von Merad.

Abu Kital

Die kenne ich. Sie fechten wie die Teufel!

Dreiundzwanzigster Auftritt

Die Vorigen.

Vier Gepanzerte, mit langen Schwertern bewaffnet, bringen die Scheike fünf bis acht. Sie grüßen die Phantasie und den Scheik der Todeskarawane ehrerbietig und geben auf dessen Wink ihre Gefangnen frei. Diese gesellen sich den andern vier Scheiken bei; die Gepanzerten schreiten zum Zelt und stellen sich dort, wie beschrieben, auf.

Abu Kital *(spöttisch)*

Die lieben Freunde – kehren treu zurück!

(der Feuerschein leuchtet abermals auf. Man hört Spieße und Schilde zusammenschlagen)

Scheik der Todeskarawane

Das sind die Scharen von Abu Afal.

Phantasie

Die Immersiegenden!

Hakawati

Die Himmelstürmer!

Abu Kital *(unzufrieden mit sich selber)*

Und grad an diese hab ich nicht gedacht!

Vierundzwanzigster Auftritt

Die Vorigen.

Vier Lanzenträger, mit leichten Spießen und runden Schilden, bringen den Imam. Sie grüßen die Phantasie und den Scheik der Todeskarawane ehrerbietig und geben auf dessen Wink ihren Gefangnen frei. Dieser begibt sich eiligst zum Kadi; sie aber marschieren zum Zelt und stellen sich dort in der angegebenen Weise auf.

Abu Kital

Der heilge Glaube – will uns nicht verlassen!

(Der Feuerschein leuchtet nochmals auf. Man hört Hammerschläge, doch ohne daß man sagen kann, woher sie klingen)

Scheik der Todeskarawane

Das sind die Geisterschmiede von Kulub.

Abu Kital

Seit heute kenn ich sie. Wen ***bringen*** sie?

Scheik der Todeskarawane

Sie ***holen*** einen.

Abu Kital

Wen?

Phantasie

Abu Kital!

Fünfundzwanzigster Auftritt

Die Vorigen.

Eine ungeheure Spannung hat die Anwesenden ergriffen. Alle Blicke und alle Bewegungen drängen zum Hintergrund. Da kommen sie, vier Schmiede, herkulische Gestalten, mit Schurzfellen; in den Fäusten schwere Eisenhämmer; auf den Köpfen kurdische Zackenmützen. Auch sie grüßen die Phantasie und den Scheik der Todeskarawane ehrerbietig; dann bleiben sie in einer Weise stehn, daß man ihnen deutlich ansieht, sie wollen jemand holen. Der Scheik ist bei der Nennung seines Namens erschrocken. Nun macht der Anblick dieser Gestalten einen solchen Eindruck auf ihn, daß er sich, als ab er eine Erscheinung vor sich habe, langsam aufrichtet und, innerlich getrieben, den Bericht von der Geisterschmiede vorzutragen beginnt. Hierbei haben die Hämmer leise zu erklingen, wie aus großer Höhe oder großer Tiefe, und nicht aufzuhören, bis die Harfen einfallen.

Abu Kital

Zu Märdistan, im Walde von Kulub,
liegt einsam, tief versteckt, die Geisterschmiede –

Babel *(im bestimmten Ton, als Behauptung)*

Da schmieden ***Geister***!

Die vier Schmiede *(einstimmig, indem sie bei den beiden Wörtern „nein" und „sie" ihre Hämmer schwer auf den Boden stoßen)*

Nein, wir schmieden ***sie***!

Abu Kital *(fortfahrend)*

Der Sturm bringt sie geschleppt, um Mitternacht,
wenn Wetter leuchten, Tränenfluten stürzen.
Der Haß wirft sich in grimmer Lust auf sie.
Der Neid schlägt tief ins Fleisch die Krallen ein –

Phantasie *(einfallend)*

Doch ***dieses*** Mal ist es wohl anders – anders.

(Indem sie weiterspricht, tritt sie aus dem Zelt. Hierbei wird der Überwurf, der ihre Gestalt verhüllt, von der Hand der Bibel festgehalten und hinter ihr

herabgezogen. Nun sieht man sie als Marah Durimeh, im „Strahlenpanzer von Kristall". Ihre langen, weißen Zöpfe fallen nach vorn. Die in den letzten Auftritten erschienenen Krieger, auch die Schmiede, verneigen sich tief, und unwillkürlich senken auch die An'allah und die übrigen Anwesenden ihre Häupter und heben die Hände, um ihr Ehrfurcht zu zollen. Sie spricht weiter, ohne darauf zu achten, daß die bisherige Hülle nicht mehr vorhanden ist)

Da steigt die Menschenseele selbst hernieder
und holt sich den, der ***reif zum Schmerze*** ist.

(Auf ihren Wink treten die Schmiede zu Abu Kital und stellen sich, je zwei, zu beiden Seiten des Throns auf. Indem sie hierbei ihre Hämmer dröhnend aufstoßen, halten die bisherigen Hammerklänge mit einem schwer betonten Schlag auf, und die Harfen fallen ein)

Scheik der Todeskarawane *(freudig auf sie zueilend)*

Ich ahnte es. Ich wußte es sogar!
Ich grüße dich, du aller Menschen ***Seele***!

(sinkt vor ihr nieder)

Abu Kital *(knickt vor Entsetzen auf seinem Thron zusammen)*

So gehts mit mir zu Ende – allerdings!

Phantasie *(legt dem Scheik der Todeskarawane die Hände aufs Haupt)*

Und ich, ich segne dich, den Sohn des Leides,
der aber ***mir*** nur Glück, nur Freude bringt.
Gib dieses Glück auch andern –

(rundum zeigend)

allen andern,
und frage nicht, ob sie des würdig sind!

(hebt ihn zu sich empor; die Harfen schweigen)

Abu Kital *(noch immer entsetzt, zu Babel, auf die Phantasie deutend)*

Sie ist die Menschheitsseele, wirklich, wirklich!
O Babel, Babel, wie belogst du mich!

Ein Narr war ich, an deinen „Geist“ zu glauben,
der alles andre war, doch nur nicht Geist!

Babel *(schwer und gebeugt)*

Ich sage nicht: verzeihe mir, o Scheik –
ich selbst, ich selbst kann mir ja nicht verzeihen!

(zu den andern, indem er die beiden Bücher nimmt und zum Feuer geht, um sie hineinzuwerfen):

Ihr wißt, was ich versprach –

Bibel *(laut und gebieterisch)*

Laß ***mich*** es tun,
die ich noch ***mehr*** als du zu opfern habe!

(Sie wirft den Schleier, der ihr Gesicht und ihre ganze Gestalt umhüllt, von sich und kommt aus dem Zelt auf ihn zugeschritten, um ihm die Bücher aus der Hand zu nehmen. Man sieht sie nun, genau so gekleidet und geschmückt wie in den „heiligen Stunden“ vergangener Zeit. Dieser Anblick wirkt wie ein Blitz auf Vater und Sohn, aber sehr verschieden. Während der erste laut aufschreit, besitzt der andre Selbstbeherrschung genug, sich einzufügen, obwohl er seine Erregung unmöglich ganz meistern kann. Aber, obgleich er still ist, sieht man ihm doch deutlich an, wie glücklich er sich in diesem Augenblick fühlt)

Abu Kital *(vor Bestürzung fast brüllend)*

Allah –! Sie lebt –! Sie lebt noch – Bent'ullah.

Imam *(erschrocken)*

Allah!

Kadi *(ebenso)*

Sie lebt!

Alle An'allah *(durcheinander)*

Sie lebt noch, Bent'ullah!

(Während der Imam und der Kadi sich am liebsten verstecken möchten, eilen die andern An'allah, die sie noch kennen, auch die Ältesten herbei, um ihr Gewand zu berühren und Saum und Falten zu küssen)

Bibel *(wehrt sie freundlich ab)*

Ihr kennt mich noch? Ihr seid mir noch ergeben?
Wie mich das freut! Doch wartet, wartet noch!

(Sie hat von Babel die beiden Bücher vom „Menschengeist" und von der „Menschenseele" bekommen und geht mit ihnen zum Feuer. Da lassen sich die Harfen wieder hören. Je näher die Bibel dem Herd kommt, desto höher flackern die Flammen, und desto lauter tönen die Harfen. Dort spricht sie)

Hinweg ins Feuer mit dem irren „***Geist***"!

(wirft das Buch hinein)

Hinweg, hinweg auch mit der falschen „***Seele***"!

(wirft auch dieses hinein. Als es geschehn ist, jubeln die Harfen auf, dann verstummen sie wieder)

Babel *(klagend)*

So bin auch ich vernichtet!

Phantasie

Nein, o nein,
du mußt die Erde aus der ***Höhe*** schauen,
denn nur nach dort hinauf zeigt sie sich wahr.
Du gehst mit mir!

Schefaka *(tritt begeistert neben ihren Vater)*

Auch ich?

Phantasie

Auch du.

(zu Bibel)

Doch weiter!

Bibel *(zu Babel)*

Du hast, o Babel, nicht allein geirrt;
die Glut muß auch noch anderes verzehren.

(Während der folgenden Verse, die sie für alle spricht, wirft sie die Gegenstände, die sie nennt, ins Feuer und mit ihnen alles, was sie über ihren ursprünglichen, weißen, bescheidenen Anzug unten im Drachensaal angezogen hat. Hierbei erklingen die Harfen wieder)

Ins Feuer mit dem Gold aus Babylon

(wirft)

und mit den Steinen der Schamuramat!
Ins Feuer mit den Altupirti-Ketten
und mit den Perlen aus der Sündenflut!
Wenn ich als Fakira durchs Leben schreite,
soll keine Spange mir am Fuß erklingen!
Und bin ich müd, so such ich meine Ruhe

(die Hände zum Himmel hebend)

allein bei dir, o Herr, allein bei dir!

(Die Anwesenden sind tief ergriffen, so daß auch sie die Hände heben und, wie betend, das Schlußwort wiederholen)

Phantasie, Hakawati, Schefaka

Allein bei dir, o Herr!

Alle *(einstimmig)*

Allein bei dir!

(Während hierauf tiefe Stille eintritt, klingen die Harfen noch einige Takte weiter, und Bibel geht vom Feuer bis hin zu Abu Kital, um sich zu seinen Füßen niederzusetzen. Noch ehe sie dies tun kann, kommen der Imam und der Kadi zu ihr. Sie beugen sich vor ihr und drücken ihr Gewand an die Lippen)

Bibel

Ich zürne nicht, denn wer von dem Erlöser
so denkt und spricht, wie

(zum Imam)

du gesprochen hast,
der kann doch nicht mein Feind, mein Gegner sein!

(Hiermit schweigen die Harfen. Der Imam und der Kadi kehren entlastet an ihre Plätze zurück, und Bibel läßt sich vor Abu Kital nieder)

Abu Kital *(fassungslos)*

Du kommst zu mir – zu mir –?

Bibel *(zu ihm aufschauend)*

Dir beizustehn
in deines Lebens allerschwerster Stunde.

Abu Kital *(überwältigt)*

Allah, Allah! Und die verstieß ich einst,
um eitlen Ruhmes, eitler Ehre willen!
Welch eine Härte! Welche Niedertracht!
Wer kann mir das verzeihen?

Bibel

Gott und ich!

Abu Kital *(wagt es, sich zu ihr niederzubeugen und ihr Haar zu küssen)*

Ist das ein Märchen! Oder ists ein Traum?

Hakawati *(freudig)*

Das Märchen siegt!

Babel *(entsagungsvoll)*

Der Traum wird uns zerstört!

Scheik der Todeskarawane

Der schwere Traum vom ***Geist des Abendlandes***,
der euch mit Hilfe dieser

(auf die Phantasie deutend)

„alten Hexe“

(lächelnd)

den alten Babelturm entreißen will!

(zur Erklärung)

Der ***Geist des Morgenlandes*** ging nach West,
das Menschentum der Liebe zu verbreiten.
Er schwang sich auf zum ***Geist des Abendlandes***,
und nun er in die Heimat wiederkehrt,
Erscheint er fremd in seinem eignen Stamm
Und wird von euch verachtet und gehaßt.
Und doch und doch will ich nur euer Glück;
denn, kam ich auch mit Tausenden zu euch,
um dieses Glück euch Toren ***aufzuzwingen***,
so sag ich doch: Behaltet euern Turm,
behaltet euer Land, behaltet alles;
wir wollen nichts und nichts als nur das eine,
was uns gehört –

Abu Kital *(schnell einfallend)*

Was euch gehört? – Das wäre?

Phantasie

Der wahre Geist der Bibel, den Kital,
des Kampfes Drache, mir noch vorenthält.

Abu Kital

So holt ihn euch! Ich habe nichts dagegen.
Der Held, der ihn befreit,

(zum Scheik der Todeskarawane)

der bist ja ***du***.
Versuch es doch! Und wenn es dir gelingt,
so hast du mich, den Drachen, totgeschlagen!

Phantasie *(zu den An'allah, befehlend)*

So sputet euch! Hinweg mit diesem Zelt!
Macht frei die Tür, und öffnet weit das Tor!
Laßt in der Tiefe heilge Flammen leuchten,
und sucht den ***wahren*** Schatz, den Geist – die Seele!

Bibel, Hakawati

Und sucht den ***wahren*** Schatz!

Babel *(im schwersten Ton)*

Den Geist – die Seele!

Imam

Den wahren Schatz!

Kadi

Den Geist!

Alle *(durcheinander)*

Den Geist – die Seele!

(Während dieser Wiederholungen beeilen sich die An'allah, das Zelt wegzunehmen. Schefaka nimmt eine der brennenden Fackeln und steigt in den Turm, um ihn zu erleuchten. Sobald das Zelt beseitigt und der Eingang frei ist, strömt eine Fülle des Lichts durch ihn auf die Szene hinaus)

Abu Kital *(überrascht von dem Anblick)*

Wie hell wird es da unten – zauberhell!
Und auch in meinem Innern will es tagen!

(über sich selber erstaunt)

Es ist kein Hohn, es ist kein Spott von mir,
wenn ich jetzt endlich, endlich eingestehe,
daß ich Kital, Kital, der Drache, bin,
der, wie das Märchen sagt,

(nach dem Turm deutend)

in diesem Turm
den Geist der Bibel an die Kette legte.
Ihr Körper wohnt im ***Alten*** Testament,
das hier bei Babel auf dem Tische liegt;

(deutet zu Babel hin, der das Buch in die Höhe hält, um es zu zeigen)

ihr Geist, ihr ***wahrer*** Geist, der wohnt im ***Neuen***,
und dieses habe damals ich versteckt,
weil Bent'ullah es über alles liebte,
obgleich es im Koran verboten war.
Nur einer außer mir hat es gesehen,
daß ich es nahm und wo ich es verbarg,
und dieser eine –

Scheik der Todeskarawane *(hat mit gespanntester Aufmerksamkeit bis hierher zugehört; nun fällt er schnell ein)*

ist das Kind, dein Sohn,
der unten in dem Saal des Drachens spielte
und grad an ihm emporgeklettert war,
als du das Buch – den Band –

(hält inne, sinnt)

Den muß ich sehn!

(geht zu Babel und betrachtet den Band des Alten Testaments)

Babel

Der Band, nach dem ihr sucht, war diesem gleich.

Scheik der Todeskarawane *(sich erinnernd)*

Ich – weiß es jetzt – ich weiß! Ich hole ihn!

(eilt zum jetzt weit offnen Tor des Turms, kehrt aber, von seinen Gefühlen überwältigt, um und kniet vor Bibel nieder)

Ich hole ihn – ich hole ihn – für dich –
du meine Mutter – meine – meine Mutter!

(Sie halten sich für einige Augenblicke umfangen; dann verschwindet er schnellen Schritts im Turm. Die Aufregung der Anwesenden ist durch diese neue Entdeckung aufs höchste gestiegen. Im Scheik gärt es. Er stottert fast, als er jetzt Bibel fragt)

Abu Kital

Sag, Bent'ullah – er ist – er ist –?

Bibel

Dein Sohn!

Hakawati *(jubelnd)*

Ich dachte es – er fragte nach der Schlange!
Das Kind! Der junge Herr! Der Stammeserbe!

(Die andern jubeln mit, denn nun ist der glückliche Ausgang sicher, und sogar die Niederlage des Scheiks bringt keine Schande, da er nur dem eignen Sohn unterlag)

Babel und erster Ältester

Das Kind!

Imam, Kadi und zweiter Ältester

Der junge Herr!

Alle *(durcheinander)*

Der Stammeserbe!

(Es erschallen die bekannten, begeisterten Ausrufe)

Abu Kital *(in die Knie brechend, nach Atem ringend)*

„Der keinen Vater, keine Mutter hat –!
Er wurde, schmutzig wie ein Ungeziefer,
im Dorngestrüpp der Wüste aufgefunden –!
Ein Wechselbalg, ein jämmerlicher Bastard!

(jetzt erklingen die Hämmer wieder)

Ihr hört, ihr hört – so hämmert es

(aufspringend und sich an die Brust schlagend)

auch ***hier***.

Ich muß nach Märdistan, muß nach Kulub,
um abzubüßen, meine Schuld zu sühnen!

Phantasie

Und wenn ich dir verzeih?

Abu Kital

Das ***darfst*** du nicht.
Du ***steigst*** mit uns, denn du bist unsre Seele,
und wenn wir sinken, sinkst auch ***du*** mit uns.
Wer ***sinken*** will, der wimmere dich an!
Ich aber, ich, ich bin Abu Kital.
Ich kämpfte mich bisher nur in die Tiefe;
von heute an führt mich der Kampf empor –
der Kampf mit mir – das Hämmern in der Schmiede, –

Phantasie

Und euer Weltenreich? Mit dir als Herrscher?

Abu Kital *(hebt die Hände und spricht seine eignen Worte aus dem ersten Akt)*

„Doch, bietet mir ein Reich wie Babylon
und hier dagegen diese eure Größe,
so schwör ich euch, ich gehe und verzichte!"

(Da hören die Hämmer mit einem letzten, kräftigen Nachdruck auf, und die Harfen fallen ein. Sie ertönen bis zum Schluß immerfort. Zugleich erklingen aus der Tiefe des Turms kraftvolle Schläge, und Schefaka erscheint, mit der Fackel in der Hand. Sie deutet in die Tiefe und spricht):

Schefaka

Er kletterte am Drachen hoch empor –

Abu Kital *(einfallend)*

In dessen ***Rachen*** ich die Bibel steckte!

Schefaka *(fortfahrend)*

Und schlägt nun mit der Klinge des Kismet
den Kopf herab –

Abu Kital *(lebhaft)*

Da muß ich helfen! Helfen!

(er eilt in den Turm)

Phantasie

Er ***selbst*** will helfen!

Hakawati

Welch ein Gotteswunder!

(Man drängt zum Turm, doch so, daß niemand dem Blick des Zuschauers im Weg steht und daß sich ein prächtiges Gruppenbild entwickelt, dessen Stellung dem Spielleiter überlassen bleibt. – Aus der Tiefe erschallen die Schläge und die Stimmen des Scheiks und seines Sohns, bei immerwährendem Harfenklang, dessen Stärke nach den äußeren Umständen wechselt. Dann ein Krach – es fällt ein schwerer Gegenstand)

Schefaka *(hinunterblickend)*

Das war der Kopf!

Hakawati

Das war der Kopf!

Alle *(durcheinander)*

Der Kopf!

(noch eine kleine Weile, dann scheinen die Harfen sich in Bewegung zu setzen; sie kommen näher)

Schefaka

Ich sehe sie! Sie bringen ihn getragen!

Alle *(durcheinander)*

Sie kommen!

Stimme des Abu Kital

Ja, wir haben ihn!

Stimme des Scheiks der Todeskarawane

Wir kommen!

(Schefaka schreitet mit der Fackel aus dem Tor heraus, in dessen Innerm Vater und Sohn erscheinen, den Kopf des Drachens tragend)

Abu Kital

Es war Betrug! – Nur Ton, kein echter Stein.
Schaut her!

(Sie schmettern den Kopf zur Erde, daß er in Stücke birst)

Da liegt Kital, das Ungeheuer;
das Buch ist frei, das er im Rachen hatte!

Scheik der Todeskarawane *(nimmt das Buch aus den Trümmern des Kopfes und hält es hoch)*

Das heilge Buch des ***Neuen*** Testaments!

Die Ältesten der An'allah *(einstimmig)*

Das heilge Buch –

Alle *(einstimmig)*

des Neuen Testaments!

Abu Kital

In dessen Geist ich meine Schuld nun büße,
die Schuld des Menschen der Gewaltsamkeit.
Ich will hinauf, hinauf nach Märdistan!

(greift nach der Hand des Scheiks der Todeskarawane)

Der Vater muß sich seinen Sohn verdienen.
Hinauf, hinauf, zum Walde von Kulub!

Die vier Schmiede *(ihre Hämmer aufschlagend, einstimmig)*

Da schmieden ***wir***!

Phantasie *(mit erhobener Stimme)*

Und Gott gibt ***Geist*** und ***Segen***!

(Die Harfen jubeln, der Vorhang fällt.)

Der Dichter über sein Werk

Erläuterung zu Babel und Bibel

a) Tatsachen

Die Ruinenfelder Babylons sind im Besitz des Araberstammes der ***An'allah***. Der Turm von Babel liegt im Mittelpunkt dieses Besitzes. Er steckt voller Schätze aus den Zeiten des Altertums, die der Scheik zu bewachen hat. Um sich das zu erleichtern, hat er sein Zelt so nah am Tor errichtet, daß jeder Turmbesucher daran vorüberkommen muß. Dieses Zelt wurde stets vom jeweiligen Scheik bewohnt, so auch von dem jetzigen; von diesem aber nur so lange, wie seine Frau sich bei ihm befand. Sie war schön, gut und eine Christin; Christen sind dort keine Seltenheit. Infolge ihrer geistigen und seelischen Vorzüge beherrschte sie den Scheik und gewann die Zuneigung des ganzen Stamms. Dadurch wurde der Einfluß dieser Christin auf die mohammedanischen An'allah so bedeutend, daß es dem Imam und dem Kadi geboten erschien, die Entfernung dieser gefährlichen Frau anzustreben.

Es ist im ganzen Morgenland bekannt: Was ein Imam und ein Kadi will (also der Glaube und das von ihm abhängige Recht), das setzen sie durch. ***Abu Kital***, so hieß der Scheik, wurde soweit gebracht, sein Weib und seinen Sohn zu verstoßen. Mutter und Kind gingen, und Imam und Kadi brachten später schriftliche Beweise bei, daß die beiden Vertriebenen gestorben seien. Die Frau hieß ***Bent'ullah***. Der Scheik hatte dem Gebot des Glaubens Folge geleistet, konnte aber weder Weib noch Kind vergessen. Es war ihm unmöglich, das Zelt, in dem er mit ihnen glücklich gewesen war, nun ohne sie weiter zu bewohnen. Er schenkte es ***Babel***, einem Gelehrten, der von fern gekommen war, um bei den An'allah zu wohnen und ihre alten Schätze zu studieren. Dieser Babel heiratete eine An'allah, die aber bald starb und ihm eine Tochter hinterließ, die jetzt, da die Handlung beginnt, zwischen Kind und Jungfrau steht. Der sonst so rauhe Scheik hat das Mädchen, das ***Schefaka*** heißt, und ebenso auch ihren Vater so liebgewonnen, daß er fast jede freie Stunde bei ihnen, also bei seinem einstmaligen Zelt, zu verleben pflegt. Er kommt zu diesem Zweck vom Duar (Zeltdorf) herüber, das nicht am Turm, sondern in einiger Entfernung davon liegt.

Fern von beiden, vom Turm und vom Zeltdorf, wohnt der alte Hakawati, der Märchenerzähler des Stammes, der nicht aufgehört hat, die verstoßene

Bent'ullah zu verehren. Er glaubt nicht an ihren Tod und hat sich der ganz besonderen Zuneigung von Babels Tochter zu erfreuen.

Den Beduinen der An'allah stehn die vereinten Stämmen der ***Kiram*** gegenüber, die von jenen grimmig gehaßt und als Todfeinde betrachtet werden. Die Kiram begünstigen die europäischen Einflüsse der Neuzeit, besonders die Ausgrabungen babylonischer und assyrischer Altertümer, an denen sich die Christenheit fast des gesamten Abendlands beteiligt. Ihr Gebiet stößt an das Bergland von ***Kulub*** und ***Märdistan***, mit dessen Herrscherin, Marah Durimeh, sie gute Beziehungen unterhalten. Daß dieses Land von einer Frau regiert wird» ist in der Geschichte des Orients keineswegs als eine Auffälligkeit zu betrachten. Es hat in arabischen Ländern wiederholt Königinnen gegeben, die berühmt gewesen und es auch heut noch sind. Diese Marah Durimeh wird als altes, aber noch jugendlich rüstiges Weib beschrieben, an das sich die wunderlichsten Sagen knüpfen. Sie gilt, außer bei den An'allah, die ihren Scheik für den Besten halten, im ganzen Orient als größte Meisterin des Schachs, und man behauptet, daß sie oben in ihren abgelegenen Bergen mit bösen Geistern Schach um Menschenseelen spiele. Auch ist sie dem Abendland hold und darum bei den An'allah verhaßt, deren Scheik sie gern als Hexe zu bezeichnen pflegt.

Den Lügen des Kadi und des Imam entgegen, sind Bent'ullah und ihr Sohn nicht gestorben. Sie leben beide noch, aber getrennt und ohne etwas voneinander zu wissen. Nachdem Bent'ullah verstoßen worden war, wanderte sie mit dem Sohn in der Irre und verlor ihn in der Wüste. Er wurde von Fremden gefunden und geriet in den Machtbereich Marah Durimehs, die des Knaben hohe Begabung bald erkannte und ihn in eine zwar strenge, aber heilsame Schule nahm. Er entwickelte sich mit solchem Glück und solcher Schnelligkeit, daß er kürzlich nach dem Tod des letzten Scheiks der Kiram auf Vorschlag Marah Durimehs an dessen Stelle gewählt wurde. Er hatte somit eine Stammesheimat gefunden. Er nannte sich Ben Tesalah, „Sohn des Friedens", der friedlichen Ziele wegen, nach denen zu streben er beschlossen hatte. Abu Kital aber heißt „Vater des Kampfes". Indem der Sohn der Anführer der Todfeinde des Vaters geworden war und dieser „Vater des Kampfes", jener aber „Sohn des Friedens" hieß, war der dramatische Zwiespalt geschaffen.

Aber auch Bent'ullah, die verstoßene Frau, kommt in den Schutz von Marah Durimeh und teilt ihr alles mit. Die Alte weiß sofort, woran sie ist, beschließt aber, Mutter und Sohn in gegenseitiger Unwissenheit über einander zu lassen.

Das mag grausam erscheinen, war aber aus höheren Gründen geboten. Diese beiden sollten sich wiederfinden; ja: aber nur dann und nur da, wo aus diesem Wiedersehn der denkbar größte Segen entspringen konnte. Übrigens hatten sich Mutter und Kind schon längst in die Trennung gefunden.

In letzter Zeit war auf dem Plan der öffentlichen Ereignisse manches geschehen, was die An'allah mit Besorgnis um ihre Zukunft erfüllte. Es hatte Krieg gegeben; es gab wieder Krieg, und neue Kriege schienen aufzukeimen. „Amerika nur für Amerika"! „Der gelbe Osten für die gelbe Rasse!" „Völker Europas, wahret eure heiligsten Güter!"

So und ähnlich erklingt's von allen Seiten. Der Russe drängt von Norden und der Engländer von Süden her. Der Deutsche baut die Bagdadbahn, und aus allen christlichen Ländern, sogar aus Amerika, strömen verdächtige Menschen herbei, angeblich um Altertümer auszugraben, in Wirklichkeit aber wohl nur, um für spätere Eroberungen hier festen Fuß zu fassen. Dazu hört man, daß Marah Durimeh ihre Panzerreiter rüste und daß Ben Tesalah, der neue Scheik der Kiram, christliche Offiziere bei sich habe, um seine Krieger auf europäische Weise einüben zu lassen. Das bedeutet sicheren Krieg! Einen Überfall auf die An'allah! Die Klugheit gebietet, diesem Angriff zuvorzukommen und den Kampf auf feindliches Gebiet zu tragen. Abu Kital bildet einen Beratungsausschuß, ein ***Imamat***, wie er es nennt, um mit dessen Hilfe seine Pläne auszuführen.

Es besteht aus ihm selber, dem Imam, dem Kadi, dem Hakawati und Babel. Beschlossen wird folgendes:

Man lockt die Anführer als Gäste herbei, und wenn sie kommen, fällt man über sie her und macht sie unschädlich. Dann bricht man schleunigst ins feindliche Gebiet ein und schlägt die führerlosen Gegner nieder. Ein Vorwurf kann niemand treffen, denn Christen und Christenfreunden braucht man weder Wort noch Gastlichkeit zu halten, und wer dennoch Bedenken trüge, den kann man auf das maßgebende Beispiel des berühmten Schammar-Scheiks Schufuk verweisen, der, ohne seine Ehre zu verletzen, seinem vornehmsten Gast den Kopf abhieb.

Man faßte gerade diesen Entschluß, weil sich etwas ereignet hatte, das seine Ausführung ungemein erleichterte. Wie man weiß, spielt das Schach im Orient eine große Rolle. Fast jeder kennt es, und fast jeder ist stolz darauf, in seiner Familie, seiner Sippe oder seinem Stamm einen „Unbesieglichen" zu haben, an den sich niemand wagt. Diese Unbesieglichen fordern sich gegenseitig zum Kampf auf, wie die Recken des Mittelalters einander die Fehdehandschuhe vor die Füße warfen. Es kommt vor, daß hochstehende Personen, sogar Fürsten einander zum Schachturnier fordern; und dann wird dieses Schach nicht auf dem gewöhnlichen Brett gespielt, sondern auf Vierecken geritten, die im freien Feld gezogen sind. Die beiden Spieler sitzen auf hohen Altanen, ein, jeder vor seinen lebenden Figuren, und befehlen mit Hilfe von Fahnen und Flaggen Zug um Zug.

Abu Kital, der beste Schachspieler der An'allah, hatte Jahr für Jahr Marah Durimeh zu einem solchen Zweikampf eingeladen, um sie, die „Hexe“, öffentlich zu besiegen; doch war sie nie dafür zu haben gewesen. Aber jetzt, im gegenwärtigen Jahr, hatte sie sich zu seinem Erstaunen zu kommen bereit erklärt. Und zu gleicher Zeit hatte Ben Tesalah die Botschaft gesandt, daß auch er sich einstellen werde, um Marah Durimeh am Turm von Babylon bei den An'allah zu treffen. Das gab bei diesen, hellen Jubel. Die „Hexe“ brachte jedenfalls die Großen ihres Reiches mit, und der Scheik der Kiram würde voraussichtlich mit den europäischen Offizieren erscheinen, um ihnen Gelegenheit zum Ausspüren zu geben. Da brauchte man nur kräftig zuzugreifen, um sie alle beieinander festzuhaben und für die ganze Zukunft unschädlich zu machen! Um des Erfolges sicher zu sein, handelte es sich nur um die notwendige Verschwiegenheit und um die Hilfe der benachbarten Stämme.

Die Verschwiegenheit wird so streng durchgeführt, daß selbst die Ältesten des Stamms erst bei Beginn des Stücks vollständig eingeweiht werden; bis dahin haben sie mehr geahnt als gewußt. Und die Scheike der andern Stämme sind auch nur andeutungsweise unterrichtet und eingeladen worden, sich heut um Mitternacht am Turm der An'allah einzustellen, um Näheres zu erfahren und ihren Beitritt zu erklären. In der Überzeugung, daß sie alle zusagen werden, hat Abu Kital nachträglich noch einen Boten auf einem Eilkamel an sie abgesandt und sie aufgefordert, ihre Krieger gleich mitzubringen, aber nicht bis ganz heran, sondern nur so weit, daß die ganze Gegend von fern umzingelt werde und also keiner der Gäste entkommen könne.

Das ganze Imamat ist mit diesem Plan einverstanden, nur der alte Hakawati nicht. Dieser ist überhaupt ein Gegner des Kampfes. Weit über hundert Jahre alt, lebt er nur in seinen Sagen und Märchen und hat als schon halb Abgeschiedener ein feines Empfinden für das, was wir als „unsichtbar waltende Mächte“ zu bezeichnen pflegen. Er fühlt, daß etwas in der Luft liegt, wovor er warnen muß; aber er kann es nicht nennen und nicht beschreiben. Nur Schefaka, das Kind, denkt wie er, sonst niemand. Das, was in der Luft hegt, sind die Folgen des geplanten Verrats. Marah Durimeh und Ben Tesalah kennen ihren Gegner nur zu gut. Sie wissen, daß er, wenn sie kommen, alles tun wird, um sie gefangenzunehmen, wohl gar zu töten. Grad hierauf gründen sie ihren Gegenplan. Denn daß auch sie einen Plan verfolgen, das ist selbstverständlich. Marah Durimeh lebt nicht so abgeschieden, wie man denkt. Sie geht und reist umher, unter ihrem Volk und auch noch weiter, doch immer unerkannt. Sie ist auch schon wiederholt hier am Turm gewesen – beim alten Hakawati. Jeder hervorragende Märchenerzähler wird aufgesucht, aus der Nähe und aus der Ferne, von Männern und von Frauen, ganz wie bei uns berühmte Dichter oder sonstige Künstler. Marah Durimeh weiß also hier Bescheid. Und diesmal kommt sie nicht allein und nicht nur als Besucherin des alten Hakawati. Sie bringt ihre Truppen mit und dazu Tausende von Kriegern der Kiram. Deren junger Scheik hat die Herrin von Kulub und Märdistan zwar noch nicht persönlich gesehn, aber sie handeln beide vereint nach dem zwischen ihnen vereinbarten Plan, die An'allah genauso zu überfallen, wie sie von ihnen überfallen werden sollen. Und beide gehn sogar noch ein ganzes Stück über diesen Plan hinaus, doch so, daß sie gegenseitig nichts davon wissen.

Marah Durimeh kommt, noch ehe sie öffentlichen Einzug bei den An'allah hält, in ihrer bisherigen Weise zu ihnen, als Besuch des Märchenerzählers. Und der „Sohn des Friedens“ erscheint auch schon vorher, als Scheik einer armseligen Todeskarawane verkleidet; deren Mitglieder sind seine Unterscheike, durchweg berühmte Krieger der Kiram. Der Einladung nach sollen beide erst morgen eintreffen; aber das Stück beginnt schon heut, um auch heut schon zu enden.

Abu Kital will, daß ein Schach geritten werde, draußen im Sand der Wüste, zwischen ihm und Marah Durimeh. Bei dieser Gelegenheit soll sie mit Ben Tesalah und der ganzen Begleitung festgenommen werden. Marah Durimeh ist auf das Spiel eingegangen. Aber sie beabsichtigt dabei ein ganz andres Schach, das schon vorher gezogen worden ist und heut schon zur Entscheidung führen wird. Diese Entscheidung soll ihr den ganzen Stamm der An'allah samt ihrem Scheik in die Hände liefern. Aber sie beabsichtigt dabei nicht, Eroberungen zu machen. Es gelüstet sie nicht nach den spärlichen Weideplätzen der Wüste und nach den alten, modernden Schätzen des babylonischen Turms. Sie führt diesen wohlvorbereiteten Handstreich nur zu dem Zweck aus, die An'allah zum ewigen

Frieden zu zwingen, indem sie ihnen zeigt, daß sie ihnen überlegen ist und ebenso wie ihre Verbündeten, die Kiram, nicht nach Beute, sondern nur nach Liebe und Versöhnung trachtet.

Der Ausgang der Pläne Abu Kitals hängt davon ab, was seine Ältesten dazu sagen und wie die Anführer der andern Stämme sich entscheiden. Das Stück zerfällt demzufolge in zwei Akte, deren erster die Beratung mit den Ältesten des Stamms und deren zweiter die Zusammenkunft mit den andern Anführern bringt. Der erste Akt spielt drei Uhr nachmittags, der zweite um Mitternacht.

Der Nachmittag bringt dem Scheik vollen Erfolg. Er entflammt die Versammlung – den Hakawati und Schefaka ausgenommen – so daß sie in die Forderung ausbricht: „Das Morgenland nur für das Morgenland!“ Ja, der Kadi schürt die Glut so gut, daß sich am Schluß allgemein der Ruf erhebt: „Das Morgenland nur für die An'allah!“

Das erweist sich als verhängnisvoll. Denn als um Mitternacht die Beratung mit den Anführern der andern Stämme erfolgt sind und die An'allah in die gleiche Begeisterung geraten, brechen sie in denselben Ruf „für die An'allah“ aus und verraten dadurch ihre eigensüchtigen Ziele. Die andern Anführer treten sofort von der Beratung zurück und erklären, daß sie auf die fernere Verbindung mit den An'allah verzichten. Die eben noch so hochfliegende Begeisterung wandelt sich in allgemeine Niedergeschlagenheit. Der Plan des Scheiks ist plötzlich unausführbar geworden. Und als er, der diesen unerwarteten Umschwung kaum zu fassen vermag, zusammenbricht, stürzt auch schon das Verderben über ihn herein, indem in diesem Augenblick die Krieger der Kiram und Marah Durimehs das Lager stürmen und Abu Kital mit allen, die sich bei ihm befinden, gefangennehmen. Den edlen Gesinnungen der Sieger gemäß gibt es aber weder ein Blutvergießen, noch tritt eine der gewöhnlichen Folgen derartiger Vorkommnisse auf. Ben Tesalah wird sich der Bilder seiner Jugendzeit bewußt. Er erkennt zunächst die Heimat, sodann auch den Vater. Marah Durimeh hat Bent'ullah mitgebracht, die den Sohn wiederempfängt und darum dem Vater leichter verzeiht. So folgt der befriedigende Schluß, an dem das Verhältnis der Stämme zueinander zwar nicht bis ins kleinste hinein geregelt werden kann; doch soviel steht fest, daß Friede und Eintracht in Zukunft zwischen ihnen herrschen. Und das war der einzige Zweck, den Marah Durimeh verfolgte.

b) Abstraktes, Metaphysisches, Symbolisches

Es hätte nah gelegen, aus den aufgeführten Tatsachen ein Trauerspiel zu gestalten. Aber es liegt etwas höchst Untragisches in der Entwicklung unserer strammen, praktischen und willensstarken Zeit, und es wird wahrscheinlich schon in kurzem sehr vernünftige Leute geben, die behaupten, daß das Trauerspiel keineswegs die bevorrechtete und höchste Kunstform sei. Der gegenwärtige Mensch fühlt nur zu deutlich, daß seine Entwicklung über landläufige Begriffe wie Kismet, Fatum, Schicksal, Vorbestimmung usw. hinwegschreiten muß. Und wer in sein Inneres zu blicken versteht, der weiß, daß es für den Edelstrebenden ganz unmöglich ist, tragisch zu enden. Darum habe ich meinem „Babel und Bibel“ den hierauf bezüglichen Vierzeiler vorangesetzt. Darum habe ich in meinen bisherigen Werken versucht, nur Sonnenschein zu geben. Und darum wird es auch ferner mein Bestreben und meine Freude sein, nur diesen Sonnenschein, nichts anderes zu spenden. Gott tut das auch. Blasen wir aber die Wolken unsres Rauchs zwischen uns und seine Sonne und fühlen wir uns dann im Schatten, so sprechen wir von „tragischem Geschick“!

Alles, was ich geschrieben habe und noch schreiben werde, ist meinem Idealgedanken gewidmet, daß sich der Gewaltmensch in den Edelmenschen verwandeln müsse und daß dies nur auf dem Weg der Gottes- und Nächstenliebe, den Christus lehrte, geschehn könne.

Und alles, was ich geschrieben habe und noch schreiben werde, ist der andern Aufgabe gewidmet, nach dem Menschengeist und nach der Menschenseele zu forschen, deren Kenntnis uns im Lauf der Jahrtausende, wenn wir sie überhaupt besessen haben, wieder verlorengegangen ist.

Um gleich mit diesem zweiten Punkt zu beginnen, so ist es diese Aufgabe allein, der ich meine schriftstellerischen Erfolge verdanke. Ich habe sie keineswegs durch irgendeinen persönlichen Vorzug verdient, auf den ich mir irgend etwas einzubilden hätte. Ich bin nichts anderes und nichts Besseres als jeder andere gewöhnliche Mensch; aber daß ich in allen Büchern, die ich veröffentlicht habe, mit verlangender Sehnsucht nach meinem Geist und nach meiner Seele suche, das fühlt der Leser schnell heraus, wenn er es auch nicht klar erkennt, und darum fliegt mir seine Seele zu, um sich finden zu lassen. Ich erhoffe den gleichen Erfolg auch von meinen dramatischen Werken.

Unsere Psychologie, das heißt also, unsere Wissenschaft vom Geist und von der Seele, enthält die schauderhafteste, die gröbste Selbsttäuschung des menschlichen Geschlechts. Der herrliche Menschengeist, der Welten mißt, noch ehe sie erschienen sind, und in Erdentiefen dringt, wo selbst die Hand des Schöpfers kaum noch zu erkennen ist – dieser Geist soll, schlimmer daran als der unglückseligste Zellengefangene, im grauen Nervenbrei des Gehirns wohnen, zwischen Knochen eingepreßt! Er soll nur dann, wenn der niedrige Urtrieb es ihm erlaubt, einmal zum Auge hinaussehn, zum Ohr hinaushorchen und zur Nase hinausriechen dürfen! Wenn das nicht Wahnsinn ist, so gibt es überhaupt keinen. Es wird die höchste Zeit, daß wir uns aus den Krallen dieser Verrücktheit befreien; denn alles, was die andern Wissenschaften auf diesen Irrtum aufbauen, ist ebenso gefährlich wie er selber, und so kommt es, daß grade das Höchste und das Herrlichste, was uns die Erde bietet: die Wissenschaft, die von mir so hochgehaltene wahre Wissenschaft, nur auf mühevollen Umwegen erreicht, was sie eigentlich gleich mit den Händen fassen könnte! Der Wissenschafter, der weiter gar nichts täte, als hier einmal auf den richtigen Knopf zu drücken, damit der Zug der Gotteszeit über die richtige Weiche gelenkt würde, der wäre der größte und der gefeiertste vor allen andern, obgleich es ihn nur diese eine Berührung der Taste kostete!

Ich aber bin nur Laie. Ich muß mich bescheiden und darf höchstens hoffen. Ich zeige meinen Lesern den Menschengeist und auch die Menschenseele. Ich gebe ihnen Anschauungsunterricht. Ich zeige ihnen in der Gestalt meines Hadschi Halef Omar das menschlich Triebhafte, und ich führe sie von da aus über eine Fülle von Beispielen hinauf bis zur Menschheitsseele Marah Durimeh und zu meinem Winnetou. Mehr kann ich als Laie nicht tun. Wenn man mich heut nicht versteht, so wird man mich doch später verstehn, wenigstens glaube ich, dies hoffen zu dürfen.

Selbstverständlich enthält auch „Babel und Bibel“ sein angemessenes Teil dieser neuen, oder vielmehr dieser ursprünglichen, dieser wahren Psychologie. Doch ist dies weder dramatisch, noch überhaupt künstlerisch derart wichtig, daß ich glauben könnte, die Kritik müsse es besonders beachten. Ich erwähne es aber doch an dieser Stelle, um damit anzudeuten, wie ernst und wie tief ich dieses Drama genommen wissen möchte!

Nach dieser Bemerkung über den zweiten Teil meiner Grundgedanken kann ich zu deren erstem Teil zurückkehren, der sich auf die Umgestaltung des

Gewaltmenschen zum Edelmenschen bezieht. Hier komme ich mit den bisher verfaßten Anschauungsbüchern nicht mehr aus, sondern ich muß zum Anschauungsdrama übergehn, weil dies die deutlichste, eindringlichste und darum auch erfolgreichste aller Lehr- und Predigtformen ist. Leider sind da die gegenwärtigen Zustände unsrer Bühne keineswegs geeignet, mich in den Hoffnungen zu bestärken, die ich auf diese meine erste dramatische Arbeit setzen möchte. Es müßte über die Bretter, die die Welt bedeuten, erst der schwere Schneepflug gehen, bevor man sagen könnte, daß für solche Stücke die Bahn vorhanden sei; wenn ich trotzdem grad ein solches Stück geschrieben habe, für das noch keine Bahn vorhanden ist, so antworte ich getrost und zuversichtlich: nur darum, daß es eben Schneepflug werden möge!

Der Beginn des zwanzigsten Jahrhunderts zeichnet sich durch ein Sehnen und Drängen nach Veredlung aus, das sich besonders unsrer deutschen Volksseele bemächtigt hat. Wird dieses Sehnen nicht in die rechten Pfade geleitet, so gerät es sehr leicht auf Abwege, die in die Irre führen. Was sehn wir da? Die Wissenschaft trachtet nicht mehr zu Gott hin, sondern von ihm weg. Die Religion wird zum Dogmendienst oder gar zum irren Starrsinn. Und der Kunst wird zugemutet, der Geldgier, der Vergnügungssucht und der Unsittlichkeit zu dienen, anstatt ihrer herrlichen Aufgabe gerecht zu werden, Wissenschaft und Glauben in einträchtige Berührung zu bringen.

Diese betrübenden Erscheinungen treten grad jetzt so allgemein und gewaltsam zutage, daß es wahrlich die Pflicht eines jeden ernstdenkenden Mannes ist, in seinem Kreis und in seinem Beruf dahin zu wirken, daß dies anders und besser werde. Es ist mein innigstes Bestreben, mich an der Lösung dieser Aufgabe zu beteiligen, und zwar weder in Beziehung auf die Religion – denn ich bin ein Laie – noch in Beziehung auf die Wissenschaft an sich – denn ich bin kein Fachgelehrter – sondern lediglich in Beziehung auf die Kunst, und zwar besonders die dramatische, der ich mich nunmehr zuwende.

Mit „Babel und Bibel“ beginnt eine Reihe von Dramen, die zeigen sollen, in welcher Weise die Kunst zwischen Religion und Wissenschaft vermitteln muß. Indem sie das tut, steigen alle drei. Ich will in diesen Dramen die heilige Macht der wahren Frömmigkeit, die Unwiderstehlichkeit des wahren Gottvertrauens, die Forderungen des edlen Menschentums und die Möglichkeit eines vernunftgemäßen Völkerfriedens zur ***lebenden*** Gestaltung bringen. Und im Hinblick auf die höchste Wichtigkeit des gegenwärtigen Augenblicks soll veranschaulicht werden, auf welche Weise die friedliche Versöhnung des Morgenlands mit dem Abendland und damit die Lösung dieser brennendsten Frage unsrer Zeit zu ermöglichen ist. Das alles gehört auf die Bühne, wenn sie die Bezeichnung der „Bretter, die die Welt bedeuten“ wirklich verdient. Sie aber hat den Sinn hierfür verloren. Sie ist aus der Höhe in die Niedrigkeit, aus dem Sonnenlicht der wirklichen, der hohen, der heiligen Kunst in die Sümpfe unserer Laster hinabgestiegen. Sie zeigt uns mit Vorliebe das Böse, das Häßliche, das Gemeine, und gibt zu ihrer Entschuldigung dann vor, dabei das Gute, das Schöne, das Erhabene zu wollen. Wenn sie das wirklich will, warum zeigt sie es nicht gleich? Hat das Hohe etwa weniger Macht und weniger erzieherischen Wert als das Niedrige? Welche Mutter gibt ihrem Kind Galle, damit es sich nach Honig sehnen lerne? Und der Kunst ist doch gewiß ebensoviel Einsicht und Überlegung zuzutrauen wie einer einfachen Frau, deren gesunder Sinn ihr schon sagt, daß das Schädliche unter allen Umständen zu vermeiden sei! Lehrt man unsre Frauen etwa dadurch, ihren Männern treu zu sein, daß man ihnen von der Bühne herab zeigt, auf wieviel hunderterlei Weise sie ihnen untreu werden können? Gewißlich nicht! Und der Himmel möge uns in Gnaden vor den ferneren Einflüssen solcher „Kunst“, die keine ist, bewahren!

Das gegenwärtige Leben verlangt nach neuen Vorbildern. Ebenso auch die gegenwärtige Bühne. Diese neuen Vorbilder sind die ewigen, die alten, die uns aber wieder neu geboren werden müssen, damit sie unter uns erscheinen und uns als Führer dienen können. Noch sind wir nicht so sehr verdorben, daß uns nur das böse Beispiel bessern und erheben kann! Wir verzichten darauf, uns von der Sünde und dem Laster öffentlich belehren zu lassen! Gebt uns andre Stücke, und gebt uns andre Vorbilder! Wir Menschen und Christen des zwanzigsten Jahrhunderts wollen endlich einmal aufhören, uns auch in Beziehung auf die Kunst minderwertiger als das heidnische Altertum fühlen zu müssen! Haben wir etwa keine Dichter, die gute Stücke schreiben können? Sind unsere Theater nur zur Darstellung von Ehebruchs- und ähnlichen Entartungsstücken geeignet? Gibt es kein Publikum mehr für das religiös, sittlich und ästhetisch Reine? Entbehren wir einer Presse oder einer Kritik, die, ihrem wichtigen Beruf entsprechend, für das Blühende und Gesunde eintritt, das Verwesende aber von sich weist? Oder mangelt es der edlen Kunst an großmütigen Beschützern und hochdenkenden Bühnenleitern und Direktoren? Gewiß nicht! Aber all diese Einflüsse sind nur dann, wenn sie ihre Kräfte voll vereinigen, imstande, sich dem

Übel entgegenzustellen; und es unterliegt wohl keinem Zweifel, daß kein andrer als nur der Dichter damit beginnen muß.

In dieser Erkenntnis habe ich geglaubt, es wagen zu sollen, der Dramatik der Gegenwart einen Anstoß zu geben. Gelingt es nicht, und lacht man mich gar aus, so bin ich als der Bestbefeindete von allen an dergleichen wohl gewöhnt und weiß es auch zu tragen. Nur gegen eines muß ich mich streng verwahren: gegen die alte, lächerliche Unterschiebung, daß ich religiöse oder gar konfessionelle Absichten verfolge. Ich denke nicht daran und habe nie daran gedacht. Meine Zwecke sind rein menschlich. Aber weil die wahre, die innere Frömmigkeit im Wesen eines jeden „Menschen" liegt, muß ich sie nicht nur auch mit berühren, sondern ich kann dies sogar tun, ohne mich dem Verdacht „schwarzer Gedanken" auszusetzen. Ich fuße hierbei auf dem Grundsatz, daß man vor allen Dingen ein guter Mensch sein muß, um denken zu dürfen, man sei ein guter Christ!

Wer auf solcher Grundlage das rein Menschliche zu veredeln strebt, der bereitet dadurch dem wahrhaft christlich gesinnten Theologen den Weg. Dieser muß dann die weitere Führung übernehmen, und nur ihm allein, nicht aber mir, steht es zu, sich mit den Fragen der Kirche zu befassen. –

Nachdem ich meinen Standpunkt von den wichtigsten Seiten aus beleuchtet habe, darf ich wohl hoffen, verstanden zu werden, wenn ich nun an die Betrachtung des ***inneren*** "Babel und Bibel" gehe.

c) Zunächst die Bedeutung der Namen

Diese sind frei erfunden, außer ***Marah Durimeh***, die in der orientalischen Sage als „Menschheitsseele" gilt und sich, wenn sie gezwungen ist zu erscheinen, durch den „Panzer von Kristall" gegen niedrige Gesinnung schützt. Ihre Beschreibung würde überflüssig sein, denn die Eigenschaften der „Menschheitsseele" verstehn sich fast ganz von selber.

Nur soll man sich hüten, anzunehmen, daß der Menschheit für die Zeit ihres Bestehens nur eine und dieselbe Seele gegeben sei. Sie wurde verschieden beseelt, und Marah Durimeh spricht offen davon, daß die Bibel,

> wenn meine Zeit hier abgelaufen ist
> wenn ich zurück zum Herrn der Welten kehre,

dann Menschheitsseele werden solle. Hiermit werden dem Christentum, aber dem wahren, die nächstzukünftigen Jahrtausende geschenkt.

Marah Durimeh ist Herrin von ***Märdistan*** und ***Kulub***. Märd ist das persische Wort für „Mann", für jede fertig entwickelte, geistige Gestalt. Märdistan ist also das Land der ausgewachsenen, inneren Persönlichkeiten. Darum gibt es dort die Geisterschmiede, in der der Stahl erzeugende Schmerz als Meister den Hammer schwingt. Sie liegt im Wald von Kulub. Kulub ist die Mehrzahl von „Herz". Denn tief im Wald von Kulub liegt die Geisterschmiede, d. h. aus dem tiefen Innern, aus dem Herzen heraus muß die Verwandlung des Sinnenmenschen zum Geistesmenschen erfolgen. Ein „geistreicher" Mensch ist noch lange kein selbständiger Geist. Dieser entsteht nur unter dem Hammer des seelischen Schmerzes.

Der Zwiespalt des Stücks entwickelt sich zwischen dem Beduinenvolk der ***An'allah*** und den Araberstämmen der ***Kiram***. Das Wort An'allah bedeutet „Ich bin Gott" oder „Ich bin wie Gott", entsprechend der biblischen Überlieferung von den „Tyrannen" und „Gewaltigen" der vorgeschichtlichen Zeit. An'allah bedeutet also einen sich über andre erhebenden Menschen der Gewalt, der nur seinem Triebleben gehorcht, das sich ebenso für „Geist" ausgibt, wie Halef Omar sich einen Hadschi nannte, ohne es zu sein.

Kiram ist die Mehrzahl von Kerim. Dieses Wort bedeutet „edel von Charakter" zum Unterschied von ***Scherif***, das „edel von Geburt" bedeutet. Unter den "Stämmen der Kiram" sind also die Edelmenschen gedacht, zu denen sich die An'allah, die Menschen der Gewalt, entwickeln sollen. Nicht etwa nur edel geboren, sondern edeldenkend, eine geistige und ethische Aristokratie.

Der Scheik der An'allah heißt ***Abu Kital***, d. i. Vater des Kampfes, denn die Gewalttätigkeit der Faustmenschen äußerst sich doch zunächst und vor allen Dingen im Faustrecht, also im Krieg. Doch verstehe ich unter „Gewalt" nicht nur die körperliche, sondern auch jede andre Art von Gewalt. Es gibt wissenschaftliche, geistliche, gesetzgeberische Gewalttätigkeit, die schlimmere Wirkungen haben als selbst ein Dreißigjähriger Krieg. Ein Gewaltmensch ist jeder, der sich auf seinem Sondergebiet so benimmt, als ob er der alleinige und bevorzugte Besitzer des betreffenden Rechts oder des betreffenden Guts sei.

Ben Tesalah heißt „Sohn des Friedens" oder genauer „Sohn des Friedensschlusses". Es ist hier jede Art des Friedens gemeint, auch der wissenschaftliche, der kirchliche, der gesellschaftliche, nicht nur der Staatenfrieden. All unser Streben danach wird trotz der Berta von Suttner und trotz dem russischen Großbeschützer doch nicht zum Ziel führen, wenn wir nicht vorher auch schon den Frieden in all diesen andern Beziehungen haben Diese 1906 geschriebenen Worte muten wie eine Prophezeiung an.Ben Tesalah hat sich diesen Frieden errungen und will ihn auch seinen Nebenmenschen bringen. Er hält es sogar für seine Pflicht, sie dazu zu zwingen, doch ohne Blutvergießen. Er ist der Edelmensch, im Gegensatz zu Abu Kital, der Gewaltmensch ist. Beide sind Urbilder. Darum habe ich im Buch nur das Allernotwendigste zu ihrer Kennzeichnung angegeben. Die Gestalten hiernach darzustellen, muß ich den Schauspielern überlassen.

Die An'allah wohnen in der Wüste, auf den Trümmern untergegangener Weltreiche. Einen andern Wohnsitz kann der Gewaltmensch niemals haben. Von den Kiram wird neidisch gesagt:

> Die in Afdala und Amana hausen
> und darum sich für beß're Menschen halten – –

Nämlich Afdala heißt arabisch „das Land, in dem Verzeihung herrscht". Also: die An'allah gehorchen nur der rohen Gewalt und dem Gesetz der Vergeltung, der Rache. Die Kiram aber lassen sich nur von der Güte leiten und halten die Verzeihung höher als die Rache. Sie sind eben Edelmenschen. Und sie wollen auch die An'allah zu Edelmenschen erziehen. Zu zeigen, auf welche Weise dies möglich ist,

> ***das ist eben die Aufgabe von „Babel und Bibel***"!

Es geschieht auf dem Weg vorsichtiger Menschlichkeit und eindrucksvoller Kraft, die jedes Unrecht und jede Grausamkeit vermeiden. Dazu gehört aber vor allem Geist, den die Gewaltmenschen nicht besitzen.

Über ***Babel*** brauche ich nicht viel zu sagen. Er ist die Wissenschaft, die jetzige, mit allen ihren Vorzügen und Mängeln. Er stammt natürlich von fernher; doch woher, wird nicht gesagt. Er ist also kein An'allah, kein Gewalttätiger. Er entwickelt. Der Scheik aber ist trotzdem sein Vorbild. Denn Babel, nämlich die Wissenschaft, hält das rohe Denken des Triebmenschen für Geist, für Seele, und spricht dem Menschen jedes Recht und auch die Oberhoheit über die irdische Schöpfung zu. Sobald sich herausstellt, daß das Triebleben nicht Geist ist und der Gewaltmensch dem Edelmenschen unterliegen muß, wird die Wissenschaft einsehen, daß sie sich geirrt hat und eine andre Richtung einschlagen muß. Und diese Richtung gibt die Menschheitsseele an; denn als Babel sein Gebäude zusammenbrechen sieht und klagend ausruft:

> So bin ich nun vernichtet!

antwortet sie beruhigend:

> Du mußt die Erde aus der Höhe schauen,
> Denn nur nach dort hinauf zeigt sie sich wahr;
> Du gehst mit mir!

Das gibt dann allerdings eine ganz andre Wissenschaft! Denn droben in Kulub und Märdistan, wo der Mensch zum Geist geschmiedet und verfeinert wird, versteht es sich von selbst, daß auch die fälschlich sogenannten „niederen" Wissenschaften sich sehr bald zur Höhe der sogenannten Geisteswissenschaften erheben werden. Und wenn der Hakawati von Marah Durimeh sagt:

> Nur wer Sitara kennt, das wunderbare
> Und hochgelegne Land der Sternenblumen,
> Der wird von ihr besucht, kein andrer,

so bedeutet das persische Wort Sitar soviel wie Stern, Sitara also Sternenwelt, Firmament und überhaupt die außerirdische Gedankenhöhe, von der aus alle irdischen Verhältnisse zu betrachten sind, wenn sie wahr, das heißt im Zusammenhang mit oben erscheinen sollen. Ich denke, daß die Herren von der Wissenschaft es mir nicht übel nehmen werden, daß ich eine so gute Meinung von ihrer Wichtigkeit und ihren Zielen habe!

Babel hat eine Tochter, die ***Schefaka*** (arabisch), „die Morgenröte" heißt. Sie sitzt ihm Modell zu seinem Buch über die „Menschenseele", ganz ebenso, wie der Scheik Abu Kital ihm vorher Modell zu seinem Werk über den „Menschengeist" gesessen hat. Es ist eben Babels Irrtum, daß der Körper als Modell für die Seele oder gar den Geist dienen könne. Denn Seele und Geist sind nicht Erzeugnisse des Körpers, sondern umgekehrt, die Seele bildet sich den Leib, um sich durch ihn auf dem Leidensweg nach Kulub in Geist verwandeln lassen zu können. Aber daß Babel, d. h. die Wissenschaft, überhaupt begonnen hat, über Geist und Seele ernstlich nachzudenken, das hatte für sein Kind den Namen Schefaka zur Folge. Die „Morgenröte" der Wissenschaft ist da. Es ist zu erwarten, daß es endlich auch tagen werde!

Was die ***Bibel*** betrifft, so muß ich sie, wie schon weiter oben dargelegt, nur vom rein menschlichen, nicht aber vom kirchlichen oder gar vom Standpunkt der Schriftgelehrten aus betrachten. Trotzdem oder vielmehr grad deshalb habe ich sie arabisch „Bent'ullah" genannt, das heißt so viel wie „***Tochter Gottes***".

Sie ist keine An'allah. Aber sie wurde diesen Gewaltmenschen als Führerin und Erzieherin zu einer besseren, menschlicheren Lebensanschauung gegeben. Sie mußte also, menschlich betrachtet, unbedingt die Mutter des „Edelmenschen" werden. Das konnte auch nicht dadurch verhindert werden, daß sie mit ihrem Sohn verstoßen wurde. Denn das Kind wurde grade durch die hierauf folgenden Leiden nach der „Geisterschmiede" geführt und dort unter den Augen der Menschheitsseele vorbereitet, als Führer der Edelmenschen der großmütige Besieger der Gewaltmenschen zu werden.

Im ***Hakawati***, dem weit über hundert Jahre alten Märchenerzähler, verkörpert sich die Fabel, das Märchen, die Legende, die Mythe, die Sage, überhaupt die ganze Summe der menschheitskindlichen Einbildung und Eingebung. Was andre trotz aller Klugheit und allem Scharfsinn nicht erkennen, das erfühlt und erlauscht er, der Wundergläubige, aus sich selber heraus. Er ist die Schreibtafel für göttliche Offenbarungen, doch nur für gütige und liebe, milde, nicht für gewaltige und unerbittliche, wie es einst Moses war. Er ist die Seele des Dramas, die zwischen dessen Anima und Geist vermittelt.

Der ***Imam*** ist die gegenwärtige Religion und der ***Kadi*** das gegenwärtige Recht. Wohlgemerkt, ich meine hier nicht etwa die christliche oder eine andre bestimmte Religion, und ich meine auch nicht etwa irgendein bestimmtes Recht, etwa das alte römische oder das französische nach dem Code Napoléon. Denn ich bin weder Theologe noch Jurist. Ich ziehe den Durchschnitt aus sämtlichen jetzt vorhandenen Religionen, und diesen Durchschnitt nenne ich ***Imam***. Und ich ziehe den Durchschnitt aus den Rechtszuständen aller gegenwärtigen Staaten und Länder, und dieses Mittel nenne ich den ***Kadi***. Es fällt mir nicht im Traum ein, irgendeine bestimmte Religion oder die Rechtsverhältnisse irgendeines bestimmten Landes oder Ländchens zu meinen. Aber ich muß ehrlich sein und schließlich doch zu einem bestimmten Ergebnis kommen. Und dieses Ergebnis ist die richtig verstandene liebevolle Weltanschauung Christi, des Erlösers.

Ein ***schwarzer Vorbeter*** tritt auf. Es kann Leute geben, die behaupten, daß ich mit diesem „Schwarzen" diejenigen Glaubensträger zeichnen will, die man als die „Schwarzen“ zu bezeichnen pflegt. Es ist aber doch wohl klar, daß diese rührende Gestalt nicht eine Spöttelei sein kann. Der Schwarze ist vielmehr der kindlich gehorsame, ganz und gar nicht nachdenkende, ergebene Glaube, der erst dann zu widerstreben wagt, wenn sein gesunder Menschenverstand zu grob beleidigt wird. Und selbst in diesem Widerstreben ist seine Treue rührend.

Hierzu kommen dann noch die acht Scheike der Stämme, auf deren Mithilfe man gerechnet hat. In Wirklichkeit gibt es diese Stämme dort nicht. Ihre Namen sind erfunden. Es wäre leicht gewesen, die Namen wirklich bestehender Stämme anzuführen; ich habe aber aus leichtbegreiflichen Gründen davon abgesehn. Die von mir gebrauchten Namen sind die Mehrzahl arabischer Eigenschaftswörter. Sie heißen:

die Hainin,	zu deutsch	die Verräter;
die Munafikin,	"	die Heuchler;
die Ger Amin	"	die Untreuen;
die Beni Har,	"	die Unzuverlässigen;
die Schuttar,	"	die Zweifler;
die Ukala,	"	die Klugen;
die Schukuk,	"	die Gescheiten;
die Hukama,	"	die Weisen.

Was ich mit diesen Namen sagen will und wen ich meine, das ist wohl nicht besonders zu erklären. Sie handeln so, wie man von ihnen erwarten kann, nicht anders. Die Niedrigen gehn sofort, die Besseren erst dann, als sie sich wirklich erzürnt fühlen. Aber alle diese sogenannten Freunde sind nur gekommen, um Vorteil zu erhaschen, und keiner von ihnen, selbst nicht der Allerbeste, bringt das Opfer, wirklich treu zu sein. Der Neger beschämt sie alle. Sobald der Mensch sich auf dem Weg nach der Geisterschmiede befindet, geht nur die Qual mit ihm. Die sogenannten Freunde aber verlassen ihn, wie die Ratten das sinkende Schiff.

d) Und nun zur inneren oder vielmehr zur höheren Handlung selber:

„Babel und Bibel“ ist eine arabische Phantasie – Fantasia. Es wird also kein wahrer Kenner, der da weiß, was das ist, an mich die Forderung stellen, mich, indem ich sie schreibe, nach europäischen, also ganz ungeeigneten Kunstgesetzen zu richten. Das stelle ich voran.

Auch vermute ich, daß man mir sagen wird, daß die fremden Namen stören. So mag man das Drama spielen, anstatt es zu lesen! Denn nur beim Lesen werden diese Namen immerfort wiederholt, auf der Bühne aber nicht. Und was ich tue, haben andere und größere schon längst vor mir getan, und noch andere und noch größere tun es noch heut. Wir haben uns an Tausende von englischen, italienischen, spanischen, russischen, lateinischen und griechischen Namen gewöhnt; wir werden uns auch an einige arabische gewöhnen. Ja, ich hoffe sogar, daß wir sie liebgewinnen werden.

Als Schauplatz des Stücks hat man sich die ganze Erde zu denken; denn Gewaltmenschen und Edelmenschen wohnen nicht voneinander abgegrenzt in besonders für sie bestimmten Reichen, sondern allüberall, bunt und wirr durcheinander. Der Geistesmensch weiß das sehr wohl, doch für die Zwecke der Bühne sind beide Menschenarten streng auseinander zu halten. So verlege ich denn die Gewaltmenschen an den babylonischen Turm und die Edelmenschen auf ein geistig höheres Gebiet, das ich ***Afdala*** und ***Amana*** nenne, das Land der Güte und der Verzeihung. Wer von seiner Geographie und von seiner Landkarte nicht lassen will, der mag diese Gegend für sich persönlich an den Dschebel Hamrin oder an den Dschebel Sindschar verlegen. Das Kulub und Märdistan der Menschheitsseele müssen wir noch höher suchen. Man denke da an die kurdischen Berge, auf denen ich sie in meinem Band „Durchs wilde Kurdistan“ erscheinen lasse. Nur wegen der An'allah, die ich in eine ganz bestimmte Gegend der Euphrat-Ebene versetze, sehe ich mich gezwungen, auch im übrigen wirklich bestehende Orte anzugeben. Die Namen z. B., die der Schwarze bei seinen Meldungen nennt, sind tatsächlich vorhanden, und der Kenner jener Gegend wird zugeben müssen, daß sie in Beziehung auf den Plan des Scheiks Abu Kital mit besonderer taktischer Überlegung ausgewählt worden sind. Es waren, da die Anführer nachts zwölf Uhr eintreffen sollten, sogar die Entfernungen in Verbindung mit der Schnelligkeit der Pferde aufs genaueste zu berechnen.

Auch den babylonischen Turm, vor dessen Tor die beiden Akte spielen, hat man sich nicht in ziegelsteiniger, grober Wirklichkeit zu denken. Er ist ein unsichtbarer, aber doch gewiß bestehender Bau. Der Turm von Babel ist eingestürzt, aber selbst in seinen Trümmern noch fest genug, den Menschen der

Gewalt, den An'allah, einen Mittelpunkt für ihre Raub- und Weidezüge zu bieten.

Die Schätze, die im Innern dieser Ruinen aufgestapelt liegen und von den An'allah mit größter Eifersucht behütet werden, sind folgegemäß sinnbildlich zu nehmen. Diese Ruinen liegen nicht etwa nur in Mesopotamien, sondern sie ragen überall aus dem Schlamm und dem Geröll des Altertums empor, wo man das Alte, schon längst Überlebte mit aller Gewalt verteidigt, weil man befürchtet, für das Neue nicht stark genug zu sein und also von ihm hinweggerafft zu werden. Da wühlt man sich tief in die Ruinen einstiger Größe ein und wird dabei nun selbst auch zur Ruine. Ich sehe sie bei uns zu Tausenden, die eingefallenen Trümmerhaufen, in denen unsre Verknöcherten sitzen, hier eine alte Lampe in der Hand, die schon seit zwei Jahrtausenden kein Licht mehr gibt, dort einen wertgehaltenen Topf, mit dem man heutzutag weder schöpfen oder gar noch kochen kann. Und doch wird all das Veraltete mit einer Inbrunst hochgelobt und mit einer Ausdauer verteidigt, die für Besseres dann nicht mehr vorhanden sind! Oder sollte ich mich irren? Sollte es keine staatlichen, sozialen, wissenschaftlichen, ästhetischen, kirchlichen, juristischen, medizinischen alten Scherben und Überbleibsel mehr geben, die nur schaden können, trotzdem aber mit einer Zähigkeit verteidigt werden, als ob es sich um unersetzliche Kostbarkeiten handle? Die Schätze der An'allah! Verwahrt tief unten, im Saal des Drachens!

In diesem Saal steht der Drache, das Wappentier der An'allah, ***Kital*** (arabisch), ***der Kampf***! Von Kain, dem ersten Gewaltmenschen, an bis auf den heutigen Tag hat dieser Drache in Blut gestanden und – nicht nur allein in Blut – es gibt noch ganz andre Kämpfe als nur mit Stahl und Blei. Kämpfe, die durch Jahrhunderte reichen. Schlachten, die nicht mit Kanonen brüllen und nicht an einem Tag geschlagen sind, sondern die sich leise durch die Völker schleichen und Millionen niedermetzeln, ohne daß man weiß, woher, warum, wofür! Und auch das ist „Kital, des Kampfes Drache!“ Und auch das sind die „Menschen der Gewalt“, die wir aber, wie vielleicht sie sich selber, für edle Menschenfreunde, für fromme, schätzenswerte Bürger halten. Denn die Menschenliebe, die wir so anspruchsvoll und öffentlich durch unsre Reihen gehen sehn, ist nicht echt; und die christliche Nächstenliebe, von der wir überall so viel sprechen hören, gibt sich vergeblich Mühe, zu erreichen, was sie gern erreichen möchte. Es ist etwas an ihr und es ist etwas bei ihr, durch das sie gehindert wird, so zu wirken, wie sie will und soll. Und wenn wir, nach diesem

Etwas gefragt, es schärfer ins Auge fassen, so erkennen wir zu unserm Erstaunen etwas uns schon längst Bekanntes, was wir aber nicht in dieser Gesellschaft vermuten konnten: es ist der Geist der Gewalt, der sich der allgemeinen Menschenliebe und auch dem Christentum aufgedrängt hat. Nach der einen Seite hin behauptet er, daß alle Welt ihm gehorchen müsse, weil er der allein beglückende sei; und nach der andern hat er tausend und eine Hand, von denen nur diese eine, einzige gibt, die andern aber mit tausend Peitschen laut in die Welt hinausklatschen, daß uns etwas gegeben worden ist. Dieser Geist der Gewalt stammt aus dem Turm, aus dem Drachensaal Das Christentum kam zur Zeit der Gewalt zur Erde nieder. Der Geist der wahren Liebe, den es brachte, wurde im Drachensaal festgehalten, das heißt: in der finsteren Unempfindlichkeit der damaligen Zeit. Dafür schlich sich der Geist der Gewalt herbei und hat das wahre Christentum und das wahre Menschtum bis auf den heutigen Tag nicht wieder freigegeben.

So denke ich, der Laie, dessen Beruf es nicht ist, in religiösen oder gar kirchlichen Dingen mitzusprechen. Aber des Menschtums sich anzunehmen, ist jedes Menschen Pflicht, also auch die meine; und ich tu es, soweit meine Kräfte reichen, indem ich diesen Geist der Gewalt einen menschlichen Körper gebe und ihn zwinge, nun endlich einmal Farbe zu bekennen. Warum dieser Körper der eines Orientalen ist, hat mehr als zehn und mehr als zwanzig Gründe. Vor allen Dingen sollen derartige Betrachtungen in derselben Umgebung vorgenommen werden, aus der sie stammen.

> Wir können nur dann erst gute Christen sein,
> wenn wir vorher gute Menschen geworden
> sind.
>
> Gute Menschen aber werden wir nur dann,
> wenn wir uns aus Gewaltmenschen zu
> Edelmenschen entwickeln.

In diesen beiden Sätzen liegt der Zweck und das Thema von „Babel und Bibel“. Die äußeren Mittel, mit denen ich diesen höheren Zweck erreichen will, sind ein morgenländisches Schattenspiel und eine geheimnisvolle Schachpartie. Das Schattenspiel ist eine sehr gewöhnliche, morgenländische Volksbelustigung. Die Schatten werden durch ausgeschnittene Figuren erzeugt; ich aber habe lebende vorgezogen. Die Schachpartie ist in der Weise geplant, daß sie geritten werden soll. Hierzu kommt es aber gar nicht; denn beide, der Scheik und Marah

Durimeh, spielen schon vorher ein rein diplomatisches Schach gegeneinander, das derart endet, daß das gerittene wegfällt.

Beim Hochgehn des Vorhangs sieht man die Menschen der Gewalt unter ihrem Anführer Abu Kital versammelt. Es gilt, die Ältesten seines Reichs davon zu benachrichtigen, daß ein kühner Gewaltstreich beabsichtigt wird – – gegen die Edelmenschen und gegen die „Menschheitsseele“, die es wagt, die Edelmenschen den Gewaltmenschen vorzuziehen. Zugleich ist dieser Streich auch gegen das europäische Christentum gezielt, dessen irdischer Zweck es eben auch ist, Edelmenschen zu erziehen.

Die Ältesten sind jubelnd einverstanden, der Märchenerzähler und Schefaka aber nicht. Denn der Hakawati ist schon Edelmensch und wird nur durch seine besondere Aufgabe bei den Triebmenschen festgehalten. Und Schefaka soll die Menschenseele bedeuten, die sich in der Richtung zum Geist hin zu entwickeln beginnt. Sie muß also auf Seite der Edelmenschen stehn, obgleich sie ein Kind der gewalttätigen Wissenschaft ist. Es wird für heut um Mitternacht eine zweite Sitzung festgelegt, bei der die Anführer von acht andern Stämmen erscheinen sollen. Stimmen sie zu, so glückt der Plan. Sagen sie nicht zu, so fällt er in sich zusammen. Der Plan ist folgender:

Der Scheik der Gewaltmenschen hat die Menschheitsseele schon seit Jahren gereizt, ihm Gelegenheit für den Beweis zu geben, daß er ihr überlegen sei. Sie ist nicht darauf eingegangen. Seine letzte Aufforderung aber hat einen solchen Ton gehabt, daß sie beschließt, ihm die längst verdiente Zurechtweisung zu erteilen. Da sie aber selbst dann, wenn sie straft, nur Gutes tut, so beabsichtigt sie, bei dieser Gelegenheit den Scheik zu erschüttern und für das Edle zu gewinnen. Dies ist von ihr längst vorbereitet. Sie geht also auf seine Forderung ein und sagt zu, ein Schach mit ihm zu spielen. Sie teilt ihm zugleich mit, daß auch der Scheik der Edelmenschen mitkommen werde, um an dem Spiel, das von lebenden Figuren geritten werden soll, als König teilzunehmen.

Der Scheik faßt sofort den Plan, die Menschheitsseele und diesen ihren Schachkönig hierbei ergreifen zu lassen, um sie für immer unschädlich zu machen. Er will sich zu diesem Zweck der Hilfe einer Todeskarawane bedienen, die in der Nähe lagert. Und ebenso soll ihm eine Truppe von Schattenspielern beistehn, die er kommen läßt. Beide, sowohl die Menschheitsseele als auch ihr Schachkönig, bringen großes Gefolge mit. Es wird dabei viel geschmaust, und man muß die Gäste unterhalten. Es befinden sich gewiß auch Europäer, also

Christen, dabei. Da sollen die Schattenspieler nun Stücke geben, durch die sich die Gäste beleidigt fühlen. Es soll zu Vorwürfen, zu Grobheiten, zu Handgreiflichkeiten und schließlich zum Kampf kommen. Wenn dieser im Gang ist, bricht die Todeskarawane über die Streitenden herein und nimmt die Gäste gefangen. Denn es soll später nicht heißen, daß die Gewaltmenschen diese Tat begangen haben: sie wollen unschuldig daran sein. Aber sofort nach der Gefangennahme der Gäste soll mit Hilfe der acht Verbündeten in das Gebiet der Edelmenschen und der Menschheitsseele eingedrungen und dann zur Eroberung der übrigen Länder und zur Gründung eines großen Weltreichs unter Vorherrschaft der Gewaltmenschen geschritten werden.

Für eine arabische Phantasie sind derartige Gedanken nichts Ungewöhnliches. Es ist für den Beduinen eine Wonne, von einem solchen islamitischen Weltreich zu träumen. Er tut es mehr als oft. Und ebensowenig ist es für eine arabische Phantasie etwas Seltenes, daß sie übersinnliche Begriffe in menschliche Gestalten verwandelt, um sie handelnd auftreten zu lassen. So z. B. erscheint, wie sich von selbst versteht, bei dem alten Märchenerzähler zuweilen die Phantasie; denn ohne sie könnte er doch nicht Märchenerzähler sein. Sie ist gerade jetzt, grad heut wieder bei ihm erschienen, und als der Scheik dies erfährt, kommt er auf den Gedanken, daß sie, als größte aller Künstlerinnen, das Schattenspiel leiten könne. Er läßt sie durch den Hakawati fragen, und sie kommt selber zum Scheik, um ihm zu sagen, daß sie diese Rolle übernehmen werde.

Er ahnt freilich nicht, daß die Phantasie mit der Menschheitsseele eins ist, und daß sie seiner Aufforderung schon eher folgte, als er dachte. Und ebensowenig ahnt er, daß der Scheik der Todeskarawane, den er gewonnen hat, den geplanten Gewaltstreich auszuführen, eine der Personen ist, an denen er ausgeführt werden soll. Man sieht: Der Mensch, der sich stark und klug genug dünkt, sich gegen die Menschheitsseele aufzulehnen, der ist schon verloren, noch ehe der Kampf beginnt! Aber damit noch nicht genug; die Menschheitsseele bringt, indem sie als Phantasie vor dem Scheik erscheint, eine ihrer Schülerinnen mit, die in dem Schattenspiel die Rolle der „Bibel" übernehmen soll. Mit dieser Schülerin aber hat es eine eigne Bewandtnis.

Sie kann und soll die Bibel nicht nur spielen, sondern sie ist die Bibel selber. Denn:

Mit ihrem Geiste kam die Bibel einst
zum Menschen der Gewalt im Lande Babel.
Der nahm sie nur für kurze Jahre auf,
dann stieß er sie hinaus, doch ihren Geist
behielt er heimlich hier im Turm zurück
und ließ dafür den seinen mit ihr gehen.

Einer arabischen Phantasie ist es, selbstverständlich, völlig unverwehrt, sich die Bibel als die Frau des obersten Gewaltmenschen zu denken, und zwar mit der gewiß hohen und edlen Aufgabe, diese Gewaltmenschen zu Edelmenschen zu erziehen. Sie wurde, wie schon erwähnt, samt ihrem Kind verstoßen. Die Verstoßung wurde damals vom ***Imam*** und vom ***Kadi*** herbeigeführt, das heißt, von der kirchlichen und weltlichen Macht. Nun aber kehrt sie, von der Menschheitsseele geleitet, also unter allerhöchstem irdischem Schutz, zum Babelturm der Gewaltmenschen zurück, um sich vom Geist der Gewalt zu befreien und ihr damals unterbrochenes großes Werk fortzusetzen. Es vereinigen sich also: 1. die von der Menschheitsseele vertretene Erfahrungssumme des ganzen menschlichen Lebens, 2. die durch die Edelmenschen vertretene bessere Hälfte des menschlichen Geschlechts und 3. die durch die Bibel vertretene Offenbarung des göttlichen Ratschlusses, um den Anschlag des Gewaltmenschen zunichte zu machen. Somit muß dieser mißlingen, doch nur mit heilsamen Folgen für die Gewaltmenschen; denn so will es sowohl die Religion als auch die Menschlichkeit.

Nach Schluß der Nachmittagsberatung spielt der erste Akt am Zelt Babels weiter. Es wird gezeigt, daß die Wissenschaft nicht schuld an der Verstoßung der Bibel ist, sich aber weder tadelnd noch billigend über sie ausspricht. Ferner, daß die Wissenschaft sich große Mühe gibt, über Geist und Seele klarzuwerden, dies aber nicht auf die rechte Weise tut. Und endlich die Hauptsache, daß die Wissenschaft sich des Gewaltmenschen als ihres ganz besonderen Lieblings annimmt und grade dadurch der Erkenntnis des „Geistes“ und der „Seele“, nach der sie strebt, entgegenarbeitet. Sie schmückt diese beiden Begriffe und deren Modelle mit altem Schmuck, d. h. mit veralteten Überlieferungen aus den Zeiten rohester Gewalt, und kann also, wie der Auftritt zwischen dem Scheik und Schefaka, nur Lächerliches erreichen, nicht aber zu klarem, ernstem Wissen kommen. Daß hierdurch nicht nur der Religion, sondern ganz ebenso und vielleicht noch mehr dem Menschentum im allgemeinen außerordentlich viel geschadet wird, versteht sich von selber. Die Fabel und das Märchen zeigen sich da weit scharfsichtiger als die Wissenschaft, die auf diese beiden sonst doch nur herabzublicken pflegt. Denn der alte Hakawati steht mit der Menschheitsseele in Beziehung, und seine Sage von Kital, dem Drachen des Kampfes, der den Geist der Bibel nicht wieder freigeben will, beruht auf tiefer Einsicht in die Ergebnisse der Völkerseelenkunde. Der Drache des Reichtums, der Drache der Herrschermacht usw., sogar der Drache der Vergnügungssucht (Bälle zu wohltätigen Zwecken!) hat sich des Geistes der Bibel, der Menschlichkeit bemächtigt und beutet ihn für seine Zwecke aus. Es gilt, diesen Geist zu erlösen. Er ist kein Schnorrer, der um das Goldstück eines Reichen, um das gnädige Lächeln eines Vornehmen oder um die lustige Unterstützung eines Vergnügungskünstlers bettelt. Denn er ist größer, vornehmer und reicher als diese alle und hat das Recht zu verlangen, daß sie sich vor ihm beugen.

Daher die alte Sage, daß die Bibel am Turm der Gewaltmenschen wieder erscheinen wird und mit ihr zugleich der erste Edelmensch, um den wahren Geist der Menschlichkeit aus den Banden der Gewalt zu befreien. Und beide sind eben jetzt gekommen, die Schülerin und der verkleidete Schützling der „Menschheitsseele". Bei ihrem Kommen erklingen tief im Turm die Harfen der Propheten; und die ernsten, heiligen Klänge ruhen nicht eher, als bis am Schluß des Stücks sich die Erlösung vollendet.

Diese Erlösung beginnt verständlicherweise mit der Befreiung der Kunst aus der Tyrannei des bisherigen, niedrigen „Schattenspiels". Dies ist sehr wohl erwogen, denn wenn wir nicht vorerst grad hier anfassen, kann uns keine andre Handhabe Nutzen bringen. Die wahre Kunst verzichtet auf die anbetende Verehrung der irdischen Schatten. Sie spendet Himmelslicht, wobei die Schatten ganz von selber hervortreten werden. Wie unwiderstehlich das wirkt, zeigt der Schluß des ersten Akts. Die Befreiung der Wissenschaft und des Glaubens kann erst dann erfolgen.

Der äußere Verlauf der beiden Akte wurde schon oben angegeben: ein gewaltiger Gegensatz zwischen Vater und Sohn, an dem die Menschheit leidet. Man trägt ihn still, bis das Höchste, was es in uns gibt, mit der Kurbatsch, der Peitsche, vergewaltigt wird. Dann müssen sich sogar die Hainin und die Munafikin dagegen empören, und der Mensch der Gewalt, das derbe Triebleben, wird von seinem eignen Sohne, dem edlen Geistesmenschen, entwaffnet und zunächst zur Selbsterkenntnis, dann aber zum Entschluß geleitet werden, nach Märdistan zu gehn, um auch noch Geist zu werden.

Dieser Sieg des Edelmenschen über den Gewaltmenschen ist vollständig unblutig; aber er stützt sich auf jene Summe von Machtentfaltung, die selbst dem Geist unentbehrlich ist, um den niederen Geschöpfen Achtung einzuflößen. Man sieht, die Befriedung, wie ich sie mir denke, fließt nicht so süß und mild wie Sirup aus der Kanne; aber sie ist in den Bereich der Möglichkeit gerückt, erfordert freilich Geist, viel Geist und mehr Geist, als der besitzt, der da denkt, man brauche einfach nur abzurüsten, und dann sei alles gut!

Freilich, ohne Beistand der „Menschheitsseele" vermag es auch der Edelmensch nicht. Es gilt also, sie zu erforschen, sie kennenzulernen, sie zu veranlassen, aus Kulub und Märdistan herabzukommen und sich zu zeigen. Und sie kommt, sie ist schon da! In „Babel und Bibel" kann sie jeder sehn und hören, der den guten Willen hat, dies zu tun. Daß Kulub und Märdistan in unserm Innern liegen, ist Sache des Seelenforschers, aber nicht des Theaterfachmannes. Und doch muß der Dramaturg zugleich auch Seelenkenner sein, denn nur dann kann sich das Schlußwort auch für die Bühne bewahrheiten:

Und Gott gibt Geist und Segen!